大活字本シリーズ

あとより恋の責めくれば

御家人大田南畝

《上》

竹田真砂子

埼玉福祉会

あとより恋の責めくれば　上

御家人大田南畝

装幀　関根利雄

目次

◆南畝連中《れんじゅう》の主な人々◆

〈通称〉〈本名または別名〉〈職業〉

大屋裏住《おおやのうらずみ》　白子屋孫左衛門――家主

鹿津部真顔《しかつべのまがお》　北川嘉兵衛――汁粉屋、家主

朱楽菅江《あけらかんこう》　山崎郷助――御先手与力

節松嫁々《ふしまつかか》　松――菅江　妻

宿屋飯盛《やどやのめしもり》　石川雅望――宿屋・国学者

手柄岡持《てがらのおかもち》　平沢常富――佐竹家江戸留守居役

もとの木網《もくあみ》　大野屋喜三郎――湯屋
知恵内子《ちえのないし》　すめ――木網　妻
酒上熟寝《さけのうえのじゅくね》　島田左内――名主
酒上不埒《さけのうえのふらち》　恋川春町――小島藩江戸詰
花道つらね《はなみちの》　五世　市川団十郎――歌舞伎役者
橘太夫元家《たちばなのたゆうもといえ》　九世　市村羽左衛門――市村座座元
尻焼猿人《しりやけのさるんど》　酒井抱一――絵師
唐衣橘洲《からごろもきつしゅう》　小島源之助――田安家家臣
平秩東作《へずつとうさく》　稲毛屋金右衛門――煙草商
山東京伝《さんとうきょうでん》　京屋伝蔵――戯作者・喫煙具商

あとより恋の責めくれば　御家人大田南畝

第一段　その一　三十日《みそか》の月

世の中は　色と酒とが敵なり
どふぞ敵に　めぐりあいたい

一

事の起こりは、南畝《なんぽ》がふと口ずさんだ俗謡の一節だった。
〽女郎のまことと玉子の四角　あれば三十日に月が出る
月の満ち欠けに合わせた暦では、ひと月の初めは新月、終わりは闇夜と決まっていることから、世の中にあり得ないもの、南畝流にいえば「あり得《う》べからざる」ものを三つ揃《そろ》えた男好みの流行《はや》り歌である。

なぜそんな俗謡を口ずさんだかというと、狂歌連の中では一番年若の山東京伝《さんとうきょうでん》に縁談が持ち込まれたという話がきっかけになっている。ところが本人は、「素人《しろうと》娘は気ぶっせいでなりません。女房は遊女上がりの苦労人が望みでございます」という。その望みを聞いた長老格の平秩東作《へずつとうさく》が天下泰平、家内安全の極意を述べた。

「そりゃあ、遊びなら粋筋《いきすじ》でも廓《くるわ》の女でもお好み次第ですが、一生連れ添う女房にしなさるなら、両親に可愛がられて育った素人の娘に限りましょう。まして京伝さんは商人です。時と場合によっちゃあ女房さんも、帳場格子の囲みの内で算盤《そろばん》もはじこうし、手代丁稚《でっち》に用を言いつけることもおありだろう。買い物客のあしらいにしても、つっけんどんでは困るが、あんまり馴《な》れすぎていても具合が悪い。親御さんのお見立てならその辺のところが、確かだと存じますよ」

もっともな意見を耳にして南畝も、なにげなく、ほんとうにまったく他意はなく、聞き馴れている歌を口ずさんだのである。

ところが京伝は、はるかに年上の平秩東作にも、狂歌連の仲間は疎《おろ》か、世間様までが「先生」と呼んでその著作に敬意を表する大田南畝にも遠慮せず、真剣な面持ちで怒りをぶつけてきた。

「憚《はばか》りながら、ご両人様とも、それはご了見違いかと存じます」

いかにも育ちのよさそうな目鼻立ち。面長で色白な顔がほんのり紅色に染まっている。

南畝は、四角い顔にはりついている細い目の端で京伝をちらりと見上げてから盃の酒を口に含んだ。こちらは鼻の頭だけが赤い。酒量がかなり進んでいる証拠である。

「承りましょう」

白髪眉の東作が、居ずまいを正して京伝のほうに向き直った。

東作はあまり酒を飲まない。飲まないが酒の席が好きで、誘いを断った例《ためし》がない。それどころか、仲間内で集まりがあればほとんど欠かさず銘酒持参で現れて、割り前もきちんと支払う。この日は例会でもなく、特に誘い合わせたわけでもないのだが、偶々《たまたま》知り合いの家で顔を合わせた三人が、南畝の住まいに立寄って酒宴が始まったものである。そして東作はやはり、途中で酒屋に寄って角樽《つのだる》を注文し、南畝の家に届けるよう手配をしたのであった。

二

三人が偶然顔を合わせた先は市谷の名主、島田左内の屋敷であった。島田左内も大田南畝を中心とした狂歌連の一員で、酒上熟寝《さけのうえのじゅくね》という狂名を持っている。老齢のせいか、めったに会合には出て来ないが、この仁《じん》も割り前はいつも過分に支払ってくれるし、南畝が揮毫《きごう》した色紙を貰《もら》い受けては、これまた過分な礼金を届けてくれる。

平秩東作にしても、本来は稲毛屋金右衛門を名乗る大店《おおだな》の主《あるじ》で、煙草《たばこ》を商っていた。この日、商いがらみで名主の家を訪れたところ、先ごろ世に出た狂歌集『徳和歌後万載集《とくわかごまんざいしゅう》』を届けに来た南畝と出会ったのである。そこへ、これも商売物の煙草入れを持参して京伝が現れ、「奇遇奇遇」と三人で喜び合った。

山東京伝、当時二十五歳。生家は木場にあり、伊勢屋という名の通った質店なのだが、戯作者《げさくしゃ》になりたい一心で後を弟に譲り、傍ら京橋で煙草入れを売る店を出して京屋伝蔵と名乗っていた。

折から当家の主人は寄合いに出かけていて留守。

「まもなく戻りましょうから、上がってお待ちくださいましな」

妻女が、到来物の宇治茶と羊羹《ようかん》を女中に運ばせて引き留めてくれたが、いかに気心の知れた家とはいえ、主人の留守中に大の男が三人も上がりこむのは、あまりにも不躾《ぶしつけ》な気がして、「また後日、改めまして」と口々に辞退して外に出た。

外には出たが、三人顔が揃ってみるとそのまま右と左に立ち別れというわけにはいかない。冬とはいえ日暮れにはまだ少々間があった。

「なに、すぐ暮れますよ」

なにごとにも手っ取り早い京伝の一言で話は簡単にまとまり、至って手狭ではあるが島田邸から程近い南畝宅で、とりあえず一杯ということになった。

肴《さかな》は味噌豆《みそまめ》と切り干し大根の煮付け。京伝の言葉通り、霜月半ばの日はあっという間に落ちて、二、三杯傾けるうちに辺りはすっかり夜になる。そして、ほどなく京伝の縁談に話が行き着いたわけだ。

「確かに卵の四角はございません」

京伝は、南畝の歌謡について自説を展開し始めた。

「もし卵が四角で、サイコロのような形でございましたならば雌鳥は毎度毎度の難産で、角々がぶつかって通り道は傷だらけ、その痛みに耐えかねて雌鳥は、早々に卵を産まなくなります。するとどうなると思《おぼ》し召す？　我ら卵を食することが出来なくなります。さらに卵がなければ鳥も孵《かえ》らず、鶏のみならず、鴨《かも》も軍鶏《しゃも》も雉《きじ》、雁《がん》、鶫《つぐみ》、鶉《うずら》なども金輪際、我らの口には入りません。ですから卵は、雌鳥が産みやすい形に出来上がっておりますので、万が一四角い卵がこの世に現れましたならば、たとえ三十日に月が出て来ようといたしましても、私が上から押さえつけまして、夜空の端に沈めてお目にかけます。さりながら、女郎に真《まこと》がないとは、尊敬する南畝先生のお言葉とも覚えません。実にやるせないじゃございませんか」

京伝はつぶらな瞳から涙さえ流していた。

南畝は当年三十七歳。京伝が「四角、四角」という度に己《おのれ》の顔の輪郭が眼に浮かんできて、その顔と、四角い卵との因果関係を思うともなく思いつつ、いつ果てるとも知れぬ若者の力説に耳を傾けていた。

「よろしゅうございますか先生、女郎には、つまり遊女には、なりたくてなった者は一人もおりません。みんな親孝行から始まっておりまして、親同胞《おやはらから》のために沈みし苦界《くがい》なのだとご承知置きくださいまし」

彼の説によればこういうことだ。

遊女の親は百姓が多い。年貢が納められなくなると代りに罰金を支払わなければならない。それを調達するための方策はたった一つ。娘を身売りさせることだ。十二、三の娘が親のそばを喜んで離れるはずはなく、親にしても可愛い娘を手放したくはあるまいけれど、抗《あらが》ったところで酷い拷問受け続け、なぶり殺しにされるのは目に見えている。そして残った子どもたちを待つのは飢え死に。所詮助かる道はない。

女を売り買いするのが商売の女衒《ぜげん》もその辺りの事情を心得ていて、生暖かい口ぶりで年端《としは》も行かぬ女の子を説き伏せる。

「おとっつぁんを水牢に送るか、お前さんが身を売るか、二つに一つだ、さあさあさあ」

もちろん遊女の親は百姓に限ったことではなく、中には、大名家にかなりの役職で勤めていたが、佞臣輩《ねいしんばら》の讒言《ざんげん》にあって藩を追われた浪人者という場合もある。それから火事で丸焼けになったり、押し込み強盗に入られて全財産を奪われて路頭に迷う商家もそのひとつ。重病人を抱えて薬礼に苦しむ貧乏家族など、数え上げたらきりがないが、いずれも親の難儀を見るに見かねて身を売る決意をした女たちである。

「そういう苦労人ぞろいでございますから、遊女の本心は実に優しく出来上がっております。真心が赤い襦袢《じばん》着て動いているようなもの。真がないとは、そりゃ先生、あんまりなおっしゃりようでございます」

京伝、懐《ふところ》からきちんとたたんだ手拭いを取出して目頭にあてる。その仕草を南畝は、かなりの感激をもって見つめてから、

「まことに口は禍《わざわい》の元。不届きの段、重々お詫びつかまつる。なにとぞご了見くだされ」

丁重に謝罪した。

ふざけた気持は微塵《みじん》もない。心の底から若い京伝の純粋な理論に感心している。

三

南畝の謝罪に力を得たとみえ、京伝の口調は一層滑らかになって力説が続き、持論は、芸者と遊女の違いに発展していった。両者は成立ちが根っから違っているのだそうだ。

「芸者には一家一族の命の瀬戸際を請負って廓に身を沈めるような親孝行な娘はおりません。たいていは、それなりの家に生まれて寺子屋にも通い、芸事の一つや二つは習いもして、他人《ひと》にも己にも甘えて育っている手合い。ですから人の女房になって舅《しゅうと》姑《しゅうとめ》は疎か、夫にさえ下手《したで》に出て仕えるなんざ、思っただけで塞《ふさ》ぎの虫で胸が痞《つか》える。あれも嫌これも嫌で我儘《わがまま》勝手に暮らすうち身を持ち崩しての座敷勤め。なにしろ、ちやほやされていなければ生きている甲斐《かい》がないという連中でございますから、いくら芸者は粋だの婀娜《あだ》っぽいだの、気風《きっぷ》がいいだのと申しましても、女房にしたら一生の不覚、一世《いっせ》の物案じとなりましょう。良家の子女はさらにダメ。ふわふわ、もじもじしているだけで、なんの役にも立ちません」

いやはや恐れ入ったる御存念。南畝、京伝の喉仏《のどぼとけ》の辺りを目のやり場にして、小さく息を吐いた。東作も無言である。京伝の勢いは止まらない。

「右の存念に従いまして私は、妻を迎えるならば親の薦める相応の家の娘ではなくて、吉原の遊女を宿《やど》の妻にいたすつもりでございます」

「えっ！」

地震が来ても近火を知らせる擂半鐘《すりばんしょう》がけたたましく鳴っていても、ついぞ驚いたことのない東作が、手にした銀煙管《ぎんギセル》を取落としそうになるほど驚いて、

「それはまた大胆な」

凝《こ》った細工の煙管に煙草を詰め替えてから、ほどよい間合いで切り返した。

「さりながら、親御さんがお許しにはなりますまい」

すると、京伝がひと膝進めた。

「許すの、許さぬのという話ではございません」

「それでも世間が……」

「親も世間も許さぬというのなら、駆落ちをするまででございます。それもダメなら心中という手もございますし」

「駆落ちはともかくも心中はよしにしましょう。命を落とします」

「もとより命がけでございます。そんなこと怖がって、遊女を女房にできましょうか」

酒の酔いも手伝って、京伝の顔は朱鷺《とき》の羽のような色に染まってきた。

「なるほど、お説ごもっとも」

ことさら慇懃《いんぎん》な口調で南畝が口を挟んだ。東作も静かに肯《うなず》いている。

困ったことに京伝は大真面目である。うかつに逆らうと激しい思い込みがもっと燃え盛りそうなのだ。

聞けば、吉原の扇屋という遊女屋に菊園《きくぞの》なる、馴染《なじ》みを重ねた遊女がいるそうな。至って心根の優しい女で、京伝にぞっこんなのだと本人がいう。それが不憫《ふびん》で愛《いと》しくて、通い続けること三年三月《みつき》。ほかの女を女房にしたら、きっと菊園は死ぬであろう。

「さすれば手前は人殺し」

京伝は手拭いで顔を覆って泣き出した。

その言い草や振舞いが嘘《うそ》でないことは、日頃の物腰、爪はずれに、少しも嫌味がないことからも知れる。

「では、出かけましょうか」

盃に残った酒を飲み干して、なんの前触れもなく南畝が立ち上がる

と、

「さよういたしましょう」

察しのいい東作が銀煙管をしまいながら同調する。二人を見上げて京伝が訊ねた。

「どちらへ？」

「かの君に、ちとお目もじを」

南畝と東作が、ほぼ同時に同じ目的を告げる。これからすぐ吉原へ出向き、京伝の思い人、遊女の菊園に逢ってみようというのである。先輩の二人には逢わねばならない義理もなく、菊園に格別の興味があるわけでもないのだが、今、この時、京伝の素直な気持を納得させるには一番の方法と感じたまでのこと。感じたらやってみる。これが、狂歌連に集う人々の共通した生き方であった。それに襖《ふすま》一枚隔てた所に父の気配がしたり、子どもが走り廻ったりしている家の中では、落着いて話もできない。

「それはまあ、有難山のほととぎすでございます」

京伝も悪びれない。時季はずれの洒落《しゃれ》で受けて、今鳴いたカラスがなんとやら、先に立って吉原への道を辿《たど》り始めた。

四

南畝の住まいは江戸城外濠《そとぼり》、牛込見附御門外の高台にある。普通はどこへ行くにも徒歩だが、少し贅沢《ぜいたく》をするときは下町へ行くのに濠端まで歩き、御門わきの揚場《あげば》から舟に乗って神田川を下る。十一月半ば、水面《みなも》を渡る風は身を切るように冷たい。

「おお寒《さ》ぶ」

まず一番に舟に乗り込み、舳先《へさき》近くに座を占めた京伝が首をすくめた。向い風をものともせず行く手を見据えている。その姿は、鬼が島を目差す桃太郎一行の斥候《せっこう》役、雉のようで実に勇ましい、といいたいところだが、顔も体もただひょろ長く、至ってのんびりとした風情のこの若旦那、どう贔屓目《ひいきめ》に見ても勇だの猛だのという文字とは縁遠い。

「こっちへお寄りなさい」

羽織と対になった洒落た紬《つむぎ》の袷《あわせ》の下に、真綿を引いてある胴着を着込んでいる東作と、襟巻きで寒さを防いでいる南畝が、舟の中ほどに来るよう声をかけた。二人の間には船頭が用意してくれた小さな手あぶりが置いてある。炭火が、寒くて暗い夜の中で赤く輝いていた。

「いえ、これが勝手でございます。思いかね　妹《いも》がりゆけば冬の夜の川風さむみ　千鳥鳴くなり、の心持がいたしまして」

寒さをついて恋人の元へ急ぐ古歌を持ち出して京伝は誘いを断り、舟が柳橋に着くまで雑役を勤め続けた。

柳橋で一度陸《おか》に上がり、行きつけの船宿に寄って熱燗で身内を暖めてから、舟を乗り換えて山谷堀《さんやぼり》に向かう。舟は猪牙舟《ちょきぶね》。狭い山谷堀に着岸しやすいように、猪の牙のような形をした細い舟で、客は二人が限度。一行は二艘《そう》誂《あつら》え、先の一艘に南畝と京伝、続く舟に東作が乗った。

「ごきげんよう」

船宿の女房が、舟の艫《とも》を軽く押して客を送り出す。吉原通いのひとつの風情になっているのだが、この声を聞くと体の底からうれしさがこみ上げてきて、浮世の喧騒はさっぱりと忘れると、一度でも経験した者なら例外なくそういう。

舟は岸を離れて江戸一番の大川、隅田川の真ん中に出る。両側に点在する家の灯火が瞬く星のように見えた。

「お誂えに月が出ました」

南畝が江戸湾の方角に目を向ける。今夜は十八日。満月よりかなり月の出が遅くなる居待ち月である。

「秋の水漲《みなぎ》り来《きた》って、舟の去ること速《すみ》やかなり」

鼻の頭を赤くした南畝が漢詩の一節を口ずさむと、横に並んで走るように水面を滑る舟の内から東作が後をつけた。

「夜の雲収まり尽きて、月の行くこと遅し」

京伝は柏手《かしわで》を打って月を崇める。

「洞庭《どうてい》の秋の月を拝み奉る」

京伝の鼻も赤い。

五

山谷堀で猪牙舟を降りた三人は、通い馴れたる土手八丁と歌にも唄われている日本堤を通り、衣紋坂《えもんざか》を下りて大門《おおもん》をくぐる。俗に不夜城の異名を取る吉原は寒む空でも人出が多くて歩きにくいが、そこはそれ物馴れた三人、ぽっと出の田舎者がきょろきょろしながら歩くのと違い、本日の立役者山東京伝を先頭に立てて人波をすいすいかき分け、難なく目当ての遊女屋扇屋の前に到着した。

門口で客を見分けている若い者が、すぐに京伝を見つけて近寄ってきた。

「これはまあ旦那、よくお越しくださいました。四、五日お見えがなかったので、花魁《おいらん》がもう、気をもむまいことか。いけませんよ、旦那、罪作りでございますよ」

作り笑顔に小腰かがめて、まるで幇間《たいこもち》のような口のききかたをする。なにもかも心得ているといった口ぶりに、京伝も打ち解けた様子でのれんを片手でわけて中に入りかける。南畝と東作は、扇屋常連の京伝に華を持たせる気で、おとなしく後に続いた。ところが、あれほど如

才ない口をきいた若い者が、

「旦那、お待ちくださいまし。そうお急《せ》きなさらずに。只今ご案内申し上げますよォ」

京伝の袖を引いて引き留めながら奥に向かって叫んだ。

「お辰どん、お辰どん。お待ちかねの旦那がお見えでございますよ。花魁の恋男《こいおとこ》。よろしゅうございますね。お頼み申しますよ」

名前を呼ばれて奥ののれん口から、急いでいるような、いないような足取りで現れたのは、上半身は平べったいが下半身はでっぷりとした体つきの遣り手のお辰。上がり框《がまち》にぺしゃんと座り、笑っているようにも、いないようにも見える顔つきで慇懃に挨拶した。

「お待ち申しておりましたよ、旦那。お連れ様も、ようこそお越しくださいました」

京伝だけでなく、見知らぬ連れの二人にも丁重な挨拶を忘れない。

「花魁と毎日お噂《うわさ》申し上げておりましたよ。お蔭様で繁盛な妓《こ》でございますが、待ち人はただ一人。ええ、もう、旦那のことばかりいい続けでございましてねえ」

お辰の口から止めどなく飛び出してくる追従《ついしょう》を聞きながら、南畝と東作は顔を見合わせた。二人とも門口の若い者が妙に如才なく振舞っていたときから気が付いていたのである。

――こりゃ菊園に差し合いがあるな。

京伝の思い人、遊女の菊園は今夜、よほど大事な客が来ているのだろう。体が塞がっていて、とても京伝の部屋まで廻りきれないということだ。それでも遊女屋は、その事実をあからさまに伝えて、せっかく訪れた客をむげに追い返すような無作法はしない。そこで考え出されたのが、断りはしないが迎えもしないというやり方。

いつもなら門口を入るか入らないうちに下足番が飛んで来て、客の足からひったくるように履物を脱がせていくものを、今夜は下足番も顔を見せない。お辰が店先で追従の百万遍を唱えながら言外に、菊園には逢えないことを客自身に気づかせようとしているのである。それに気が付かない客は野暮。野暮は廓の大敵。軍配は遊女屋に上がり、客は敗北というのが、廓の筋道になっている。

遊女屋が客を野暮と見極めれば、逆に話は早い。舌先三寸で丸め込み、しっかり前金受取って適当な部屋へ通し、仲居や若い者をとっか

えひっかえ座持ちに出して、

「花魁、すぐにまいりますよ。いえね、前の客が、帰る帰るといいながらぐずぐず居座る野暮天でございましてね。花魁も、うんざりしているんでございますよ。ええ、もうすぐ、すぐでございます。すぐに花魁、まいります」

とかなんとか口から出まかせをいって時を稼ぐ。

客のほうは待ちくたびれて、かなり腹を立ててはいても、口上手な言い訳を聞けばついその気になって、うかうか待つうちに夜はしらしらと明けてくる。などという間抜けな話は枚挙に暇《いとま》がない。遊女と客の出会いは一夜限りが原則だから、夜明けとともに昨夜の取引はすべてご破算。支払った金子《きんす》は取戻せない。罪は取引を成立させなかった遊女屋ではなく、相手の立場に思いが至らない客にあるのだ。

「伝さん、素見騒《すけんぞめ》きと洒落ようではありませんか」

東作がさりげなく声をかけるのを合図に、南畝が先立ちになって扇屋を離れ、即座に流れを察した京伝も東作の後に続いた。

六

素見騒き。すなわち、吉原の繁盛振りをただ見るだけで通り過ぎてしまう冷やかしの客のこと。廓にとっては売り上げの足しにならない迷惑な野次馬ではあるけれど、この人数も、吉原の評判を掻き立てる役に立っていることを考えれば、あまり邪険には扱えない。

もちろん廓に馴れた南畝たちが素見だけで帰るはずもないが、東作がそれを口にしたのは、案内役の京伝にも、遊女屋扇屋にも恥をかかせないための心配りである。むくつけに「都合が悪いといっているのですから諦めてほかの店へ行きましょう」といってしまっては身も蓋《ふた》もなくなってしまうではないか。

そんな心配りができるのは年嵩《としかさ》の二人だけではない。まだ二十代の京伝も当然、廓の習いを心得ていて、遣り手の口ぶりから事情はすでに察していたようである。

「これはまた結構なお考え」

東作の誘いにポンと手を打って同意して、すぐ後に従った。

「松葉屋にお付合い願います」

扇屋がダメなら松葉屋があるじゃないか。こちらは東作行きつけの大籬《おおまがき》である。口では素見といったが、もちろん方便。東作の計らいはまことに鮮やかであった。

「松葉屋は二年近く御無沙汰しております」

京伝には悪びれたところが少しもなかった。ついさっきまで、菊園に逢えなければ死んでしまいそうな気配だったものが、今夜は売切れとわかった途端に気持を切り替え、愚痴をこぼしたり、言い訳をしたりという未練がましい様子を毛筋ほども見せない。

遊女とは、いかに出自が立派であろうと、どんなに表面を飾ろうと、所詮は自分の生身《なまみ》を切り売りする稼業である。潔く割切れなくて、どうして深間《ふかま》になれようか。女の身の上を憐《あわ》れんでみせることも、それが深間と人の口の端《は》に上るような間柄であってみればなおのこと、かえって女の心を傷つけて惨めな思いをさせるだけ。京伝はそこまで遊女の心持を推量《おしはか》り、見事にあっけらかんと振舞っていた。

――遊客の手本だな。

南畝は、世間の物差しには目もくれず、なにごとも自分の尺度でものごとを測る若い京伝の生き方に感服していた。

――わたしは、こうはいかない。

年齢だけでなく、生まれも育ちも違う。京伝は裕福な商家に生まれて大切に扱われ、なんの屈託もなく育って今日を素直に生きている。体つきも心映えも一見ひ弱そうに見えるが、暑さ寒さを厭《いと》うたことはなく、あまり好もしくない人物が同席していても気にかけない図太さも持ち合わせている。そして他人の悪いところをあげつらうこともしないし、己の志を臆することなく陳述する術《すべ》も知っている。

金勘定にも一定の節度を持っていて、懐具合がいいからといって無闇な散財はしない一方、世間並みの慶弔や付合いごとを欠かしたことは一度もない。

――偉いものだ。

そこへいくと南畝は、外側だけを見れば陽気な酒飲みだが、たった今決断したばかりの事柄を人知れず心の中で反芻《はんすう》して、ああしたほうがよかったのではないか、いや、このほうが上策ではなかったか、などと悩みに悩み、その悩みを他人には悟られたくなくて、磊落《らいらく》そうに取繕ったりしている。だから、いつだって心が晴れやかになった例がない。

そんな自分が嫌で情けなくて、いっそ浮世との縁を断ち、人里離れた山奥で隠遁《いんとん》生活を送ろうかとさえ思う。ところが思うようにいかないのが世の常で、南畝には背負っているものがあまりにも多かった。まず妻子があり、年老いた両親がいて、日々の勤めがある。おまけに掛け値なしの貧乏人だ。幸い、若い頃から親しんできた文筆のお蔭で少しは世間に名が知れていて、普通なら会釈を交わすことさえなさそうな高い身分の人々から「先生、先生」と呼ばれ、多少の実入りもあればこそ、こうして吉原に出向いて人並み以上の遊びを経験してはいるが、本性は、少しもらくにならない暮らし向きの中で、あくせくあがいている惨めな小心者だ。

――いい気になるな、大田直次郎。

南畝には、屈託のない京伝の、ひょろ長い顔がまぶしかった。

七

大田南畝。本名大田直次郎は徳川家直参《じきさん》の御家人である。

直参といえば聞こえはいいが、禄高は七十俵五人扶持《ぶち》という微禄。常時五、六人はいる家族が食べて行くだけで精一杯という有様の家柄であった。

微禄ではあったが、両親は南畝に学問をさせようと、家計をやりくりして著名な師匠につけ、漢書や和歌を学ばせてくれた。そこには両親の賢明な考察がはたらいていたらしい。

南畝は、物心つくかつかない頃から文字に興味を持ち、商い店の看板や辻々に立つ高札を見上げては文字を見覚え、帰宅するとすぐに見覚えてきた文字を反古《ほご》紙に書き記して「この字はなんと読みますか？」と母に訊ねたり、父が偶々口にした論語の一節を聞き流しにせず意味を問うたりしていた。決め手になったのは七歳の冬、母に連れられて麹町《こうじまち》に住む親類の家を訪ねた帰り道、降り始めた雪を振り仰いで、

「一粒一粒、顔が違います。雪の顔です。母上、雪には顔があるのですね」

と欣喜《きんき》して叫んだことであった。そのとき母は、家路を急ぐ足を止めて一緒に空を振り仰ぎ、濠端沿いの吹きさらしの道で、寒さを忘れてしばらく時を過ごしたという。

「直次郎にぜひ学問を」

母は、軽輩の身分で学問などしても、なんの役にも立たぬという夫を説き伏せ、ついに漢学、次いで和歌の師匠のもとへ通わせる手筈を整えた。平秩東作とはこの頃からの付合いであり、詩経からとった南畝の号もすでに使い始めていた。

そして南畝は十七歳で父と同じ徒士《かちざむらい》になったが、父は三年後、五十三歳で隠居してのんびり余生を過ごすようになった。

その頃すでに、書きためていた漢詩仕立ての戯《たわ》れ文が『寝惚《ねぼけ》先生文集』という本になって世に出ており、大田南畝の名は本の評判とともに高まり始めていたのである。

為貧為鈍奈世何　食也不食吾口過

君不聞地獄沙汰金次第　于拵追付貧乏多
『貧すれば鈍する世をいかにせん。食うや食わずの吾が口過ぎ。君、聞かずや、地獄の沙汰も金次第、稼ぐに追いつく貧乏多しと』
作者名は陳奮翰子角《ちんぷんかんしかく》、安本丹親玉《あんぽんたんおやだま》、滕偏木安傑《とうへんぼくあんけつ》などと、ふざけた偽名を並べてある。そして序文を記した風来山人《ふうらいさんじん》とは、奇人変人の親玉格、エレキテルで名を馳せた平賀源内《ひらがげんない》である。
斜めから見た世の中に自分を置き、その自分を真正面から見据えつつ茶化してしまうほかはない十代の若者の切ない感慨が、江戸はもとより日本国中津々浦々の、士農工商どの階層にも受入れられたのだが両親には、南畝の思いがけない名声はまったく理解されなかった。学問を奨励した母でさえ、息子の著《あら》わしたものが己の恥をさらけ出すような、ふざけた内容のものであると伝え聞くと、息子を呼び寄せて小言をいった。

「将軍家のお役に立つような、立派な侍になってもらいたいと思えばこそ勧めた学問です。聞けば、そなたの書物は、悪所《あくしょ》でもてはやされているそうな。母は恥かしくて、顔を上げて表を歩けません」

母は夏も冬もなく木綿の着物をきちんと着て、日がな一日、家中のあらゆることに目を配って暮らしている。母の実家も御家人で、先祖は武勇で名を馳せたと伝えられている。お互いほどよい相手ということで父大田吉左衛門正智《まさとも》と夫婦になったのだろうが、両親の結びつきなど、南畝は詮索したこともないし、父と母とが相性のいい夫婦なのか、実際の仲がいいのか悪いのか、そんなこともえたことさえなかった。

　きょうだいは全部で四人。南畝をはさんで姉二人に弟であるが、姉は二人とも早くに嫁ぎ、弟は他家の養子になっている。これまでただの一度も家の中に、これといった波風が立たなかったことを思えば、夫婦仲も格別悪くはなかったのだろう。

「お勤めに怠りが出てはならぬ」

　息子の本の評判を聞いて父が口にしたことは、これだけだった。

　微禄といえども直参の端に連なっている武士でありながら町人どもと親しく付合い、狂歌だの狂詩だの、戯《たわ》けた文章を書いて本にして、それがまた幾分かの稼ぎになるということも、そんなことができてしまう息子のことも、先祖から託された徒士という身分を後生大事に抱えている父には、到底理解できない事柄なのだ。

——申し訳ないことでございます。

口に出してはいわないが、南畝は父の顔を見るたびに、つくづくわが身の不肖を恥じ、こんな跡取りを持った父を気の毒に思った。

八

徳川家が江戸に幕府を開いてから三代将軍の頃までは、世の中にまだ戦国の余燼《よじん》があって、将軍の周辺の警備は物々しく、徒士には、将軍が他所へお成りの際、御前近くに人垣を作って非常に備え、いつでも将軍を守れる態勢を整える役目が課せられていた。そのために全員無紋の黒羽織を支給されていて、一朝ことあるときは、将軍にも同じ羽織を着せ掛けて徒士の群れの中に紛れ込ませ、その存在を消してしまう手順ができていたのである。

かつての徒士には、将軍家をお守り申し上げるという重大な役目があった。その矜持《きょうじ》が、己の人生の支えともなっていたのである。しかし泰平が続き、徳川幕府の将軍も十代を数える昨今、徒士には本来の出番がなくなってしまった。

無紋の黒羽織の正装で将軍家の行列に加わるのは、ごく稀《まれ》に参詣遊ばす日光東照宮への道中か、寛永寺、増上寺お成り、或いは城内の御廟所紅葉山にお出ましのときくらい。それも至って平穏の内に終わり、御徒《おかち》の供揃いは単なる形式に過ぎないのである。あとは鷹狩りの際、仕留めた獲物を追いかける猟犬まがいのお供か、数年に一度隅田川で行われる泳法ご披露が、御先手《おさきて》だの小十人《こじゅうにん》だのという、ほかの軽輩たちの役目柄とは少々違っているところといえようか。南畝も幼い頃から父について泳法を習い覚え、抜き手をきって泳ぐことはもちろん、長時間水中で息を止める技や、立泳ぎしながら紙に文字を書く技などを習得していた。

しかしながら、それは極めて稀な行事で普段はなにもすることがない。御城内での勤務は二日行って一日休みという、いわゆる三日勤めで一日三交代。南畝が所属する神尾市左衛門組は総員二十八名だが、二組常駐が掟《おきて》であるから狭い詰所に大の男が六十名近く、文字通り詰まっていることになり、これだけの人数が毎日毎日ただぶらぶら。

しかし時に、突然組頭から召集がかかることがある。組子《くみこ》一同、御玄関外の空地に整列すると、組頭は先頭に立って御城内に点在してい る番所を巡って、なんということもない挨拶をする。その後にくっつ いてお供の組子も、組頭がもったいぶって下げるのと同じ回数頭を下 げて廻る。或いは、徒士の心得を改めて説かれたり、ここ十数年手順 の変らぬ警固指南を受けさせられたりすることもある。

——我らは一体なんの役に立っているのであろう。

判断に苦しみつつ時間を潰すのが、日常の勤めということになろう。

——本日はお役に立てた。

と思えたのは、公方様紅葉山ご参詣を数日後に控えているとあって 組子一同、御殿から御廟所までのお道筋を掃き清める役目を仰せつか ったとき。情けないことだが、うれしかった。

察するに組頭が、一組三十人近くいる組子たちに自分のいいところを見せたくて呼びつけたがるものらしい。なにしろ将軍家、公方様の御座所がある江戸城本丸。数多《あまた》の大名が出入りし、老中、奉行、若年寄など幕閣のお歴々が侃々諤々《かんかんがくがく》、丁々発止と、天下が進む方向を定め、動かしているところだ。そういう場所、つまり天下の政《まつりごと》をしているのと同じ屋根の下に、ほんの片隅とはいえ詰所を与えられている自分の威勢を知らしめたいという気持、

――わからぬでもないな。

こんなことでもしなければ組頭も、自分の役職をどう持ち扱ったらいいのかわからないのだろう。詰所が与えられているとはいっても組頭とて歩くのが役目の徒士の一人。御城内に詰めていてもお役に立つ

ような事件が起こるはずもなく、一日中暇を持て余しているのが正直なところである。そして暇なのは徒士だけでなく、ほかの番所に詰める番方（武官）たちすべてに通用することらしく、あまりの暇に飽き飽きして、囲碁などして時間を潰す不届き者もいたようだ。それが露見して、

『ご番中に、碁盤を囲むこと、冊子を読むことを禁ずる』

無粋な掟ができてしまい、番方をがっかりさせたという話も聞こえてくる。

——たまには松の廊下の刃傷沙汰《にんじょうざた》のようなことが起こらないと、番方の出番はないな。

その昔、何回か起こった江戸御城内での事件を思い起こし、南畝も

つい不届きなことを考えてしまった。

一通り決められた行程が終わると組頭は、上司の徒頭がいる躑躅《つつじ》の間に行って、その日の役目を果たしたことを告げる。すると御徒頭様が、組子たちの前に現れて、

「ご苦労であった」

一言お言葉を下し置かれる。その後を受けて組頭が口を添える。

「御徒頭様のお肝煎りでその方たち、本日の登城が適《かな》った。有難いことである」

組子一同「ははあー」と平伏して本日のお役御免。

――まるで茶番だ。

そんな茶番と暇で出来上がっている徒士の暮らしを、父は四十年近

くも続けてきた。

——偉いものだ。

父、大田正智には、これといった道楽がないようだった。

「武士である以上、武芸の稽古は惰《おこた》らずしておかねばならぬ」

といって、毎日欠かさず木刀の素振りをするほかは、書見台に向かって古びた本を読んでいるか、敷地内に植えた野菜の育ち具合を検分しているか、ごく稀に手製の釣竿かついで何処かへ行き、魚籠《びく》が空っぽのまま帰ってくるか、といった程度である。小鳥を飼っていることもあったが、それは楽しみにしていることではなくて、育てた小鳥を売り物にして、生計の足しにするためであった。

以前はやはり鍛錬の内ということで水術の稽古に勤《いそ》しむこともあっ

たようだが、お役目を退《しりぞ》いてからは止めている。それでも母は昔からの習慣で、息子が成人し、世の中に少しは名を知られるようになった今でも、面と向かって父を誉めることを忘れない。

「直次郎、そなたが今日まで過ごしてこられたのは、長年父上がお役目大事にお勤めくださったお蔭ですよ。ご先祖からのお扶持をちゃんとそなたに繋いで下さった。年々決まったお扶持がいただける有難さを、肝に銘じておかなければなりません」

実にうるさい。うるさいが母のいうことはもっともである。戯れ文を書いて、それが幾許《いくばく》かの金子になって、懐が潤うようにはなっているが、妻子、両親を養うという暮らしの根幹を支えているのは、微禄とはいえ確実に入る徒士としての給金だ。七十俵五人扶持。金子に換算すれば一年ざっと四十四、五両の収入。裏長屋住まいの町人なら、子沢山でもこの四半分くらいで暮らしている。それを考えれば母のいう通り、この土台があればこそ、のん気らしく洒落者たちと一座して、狂歌などものしていられるのだということが腑《ふ》に落ちる。

「まずはお役目を大切に」

遊女と後朝《きぬぎぬ》の別れを惜しんでいようと、気の置けない仲間と酒席で破目をはずしていようと南畝は、母から受けた教訓を忘れることはなかった。

九

東作お目当ての松葉屋は、扇屋の筋向いにある。南畝一行が扇屋の

前を離れると、すぐさま松葉散らしの半纏《はんてん》を着た若い者が駆け寄ってきて、

「お待ち申しておりました、旦那」

上客の東作にまず声をかけ、続いて南畝、京伝にも深々と頭を下げて一礼した。

廓の習いとして顔見知りなら誰にでも必ず「お待ち申しておりました」と声をかける。同時に馴染み客の連れは、たとえ初対面でも如才なく「さ、どうぞ、どうぞ、こうおいでなされませ」と手を差し伸べて店の内へ誘《いざな》う仕草をしてみせる。連れとはいえ京伝も南畝も、廓には馴れている客であることは一目でわかるとみえ、この道に長《た》けているらしい若い者は、程を心得た態度で初対面の客に接した。

おそらく、東作が二人の連れと共に扇屋の門口に立ったときから、見るような見ないような目つきで、その姿を追っていたのだろう。まことに間髪を入れぬ、見事な間合いであった。

本来ならば、松葉屋ほどの大籬《おおまがき》で遊ぶ客はまず引手茶屋《ひきてぢゃや》に寄って、その茶屋に万端手配させてから遊女屋へ送り込まれるのが穏当な手順なのだが、今夜はとりあえず、京伝の意気込みに合わせた結果、その後の足取りが仕来《しきた》り通りとは行かなくなった。それでも松葉屋が三人をじかに引受けたのは、とりもなおさず、東作の日頃の振舞いが行き届いているからだ。行きつけの引手茶屋には、松葉屋から使いを出して仕来りにはずれない手順を整えておけばいいわけで、その辺の機転は見事である。かくして三人は座敷へ上がることになった。

門口の大のれんをわけて見世《みせ》の内へ入る。そのとき南畝はふと、見るともなく門口の右手に続く籬に目を留めた。そこは喧騒渦巻く不夜城吉原の中でも格別の光を放つ場所。遊女たちが生きた看板になって並んでいる張見世《はりみせ》であった。

外界と館《やかた》を隔てる格子の内に、厚化粧をし、派手な衣裳を身につけ、髪も大仰に飾りたてた遊女が七、八人居並んで、通りを行交う素見の客の、好奇な視線や無遠慮な言い草を浴びている。

「いい女なんて、いねえもんだな」

「いや、あの、右から二人目の。俺はあの女がいい」

「ずいぶんと悪い好みだ」

「おきゃあがれ、お前の好みより、ましだろうが」

いいたい放題の品定めも、どこ吹く風と、居並ぶ遊女たちは無表情のままだ。

やがて客は、好みの遊女を見立てる。そして遊女屋との折り合いがつけば、見立てられた遊女はその場を立って籬の内から消える。そうした光景があちこちで繰り返されている吉原の、今が一番盛りの刻限に南畝がふと感じた気配は、こんな場所には不似合いの、極めて堅実な佇《たたず》まいであった。

南畝は中へ入りかけた足を戻して外に出て、籬の前に立った。

その女は七、八人居並んでいる遊女の、前列をはずれた左寄りの位置に座を占めていた。

襟元を大きく開けて着ている緋色の長襦袢の上に、藤色の仕掛けを羽織っている。潰し島田に結い上げた髪には菜箸《さいばし》のような形をした簪《かんざし》が合計八本挿してあり、前髪と髷《まげ》の間に挿した櫛《くし》が一枚。どの遊女も似たような形《なり》かたちをしているのだが、それでも少しずつ差があって、仕掛けの布地や櫛が一枚という拵《こしら》えから見れば、この遊女が、あまり上級な位置にいないことくらい、廓馴れした南畝にはわかる。

しかし、この喧騒の中で、しかも理不尽といって差し支えない生きた看板の設《しつら》えの中で、ただ一人堅実な佇まいを保っていられるこの女は、

――一体、何者だろう？

南畝は首をひねった。

淀みきった沼の底をうねって流れていく極彩色の泥絵の具が、そこだけ避けて行くような、息苦しいほどに濁った大気の中に、そこだけ

小さな風が吹き抜けて行くような、そんな佇まいの女。あるかなきかの隙間のようなその女から、南畝は目が離せなくなっていた。

――ありえべからざることだ。

長年吉原に通い、ずいぶん多くの遊女に出会ってその在《あ》り様《よう》も遊び方もそれなりに心得ているつもりであるが、こんな風情の遊女に気付いたのは、まったく初めてである。

「お見立ては、おすみでいらっしゃいますか」

南畝の様子を窺《うかが》っていた若い者が寄ってきて、次の段階に運ぶべく声をかけた。

「名は、なんというのだ？」

南畝は見初めた遊女を、そっと目で示して若い者に訊《き》いた。ほかの客に先を越されないように、早く手を打っておかなければならない。

「三保崎《みほざき》さんでございます。旦那、お目が高い」

若い者は秘密めいた声音《こわね》で答え、すぐに客の意を察して手筈を整えるべく、それぞれの持ち場の者に話を通していった。

「先生、先に上がりますよ」

京伝に急かされて南畝も門口から中に入る。途端に遣り手や仲居が放つ「おいでなさいまし」「お待ち申しておりました」の声が出迎え、三人を二階座敷に案内する。

「伝さん、三十日にも月は出ますね」

南畝がささやくと京伝は、話の中身を聞かないうちに、

「先生っ、おうれしゅうございます。ああ、真実うれしい」

軽い手拍子をとりながら顔の箍《たが》を全部はずして微笑《ほほえ》んだ。

「御意に適ったのがおりましたか。それは重畳《ちょうじょう》でございます」

松葉屋に顔のきく東作は今夜の一座のいわば亭主役。連れの上首尾は自分の上首尾とばかりに、ご満悦の態《てい》である。廊下ですれ違った顔見知りの、喜八と名乗る幇間に挨拶され、

「師匠、あとで、こちらの座敷にも顔を出しておくれよ」

廓の内を稼ぎ場所にしている芸人たちにも気軽に声をかけ、今夜の稼ぎを増やしてやる心配りもできる粋人だ。

「ありがとう存じます。のちほどお邪魔申します」

中庭をはさんだ向こうの座敷では、今が宴の酣《たけなわ》らしく、三味線、太鼓の音が賑やかに聞こえ、大勢の遊客の浮かれた様子が伝わってくる。

芸人には珍しい坊主頭の幇間も、その座敷で一稼ぎしてきたのだろう。
――三保崎か。天人に縁のある名だな。
天女の羽衣を見つけたという三保の松原の昔話を思い出した南畝は、
そんな自分が気恥かしくなって、しなくてもいい空咳《からせき》を二つ三つして
その場を取繕った。
鼻の頭だけでなく四角い顔の、頰の辺りまで、ぽっと赤くなった。

第一段　その二　土手の提灯

をやまんと　すれども雨の足しげく
又もふみこむ　恋のぬかるみ

一

若い者に案内されて座敷へ通るとすぐに、派手に盛り付けられた料理が並ぶ台の物が運び込まれ、芸者が二人と、ついさっき廊下ですれ違った東作見知り越しの幇間《たいこもち》喜八が、これも仲間と二人連れでやってきて座を取持ちながら盃のやりとり。

「は、お流れ頂戴。流れもあえぬ紅葉なりけり、でございまして、あまり頂戴いたしますと、顔が紅葉になってしまいます」

「初心《うぶ》らしいことをいいなさんな」

「初心が取得の、この喜八、旦那の一言を力草に、一層初心に磨きをかけて……」

「磨きをかけるのは頭《つむり》だろう」

「善哉善哉《ぜんざいぜんざい》、後光《ごこう》は自前でございます」

喜八は自分の禿頭《はげあたま》をそのまま道具にして、観世音菩薩《かんぜおんぼさつ》を気取ってみせた。

客と幇間が、その場限りの他愛のない受け答えをしながら座敷の雰囲気を和ませているうちに、遣り手に誘《いざな》われてお待ちかねの遊女が現れる。

まず三保崎。続いて京伝の相方になる初瀬、最後に東作馴染みの花魁《おいらん》花里が姿を見せて、今夜の座組みがしっかり整った。

花里は東作の隣に座を占めたが、初会《しょかい》の客である京伝と南畝の相方、初瀬と三保崎は向い側に座る。いつも通りの初会の作法である。

南畝は改めて真正面から三保崎を見た。

「あなた様がこなた様、こなた様があなた様」

若い者が初瀬と三保崎に、それぞれ初会の客を引き合わせている。

遊女二人は会釈らしいこともせず、すました顔であらぬ方を見つめている。廓の慣わしには馴れっこになっている南畝だが、この瞬間だけはいつも照れる。

——伝さんは、いかに。

横目で隣をうかがうと京伝は、遊女に勝るとも劣らぬほどの気取りようで、体を斜《しゃ》に構え、口をすぼめて座っていた。口をすぼめている分、鼻の下が伸びて、いつもよりもっと顔が長く見える。世の中のあらゆることに対して高をくくっているように振舞う京伝も、この場合だけは、やはり照れてしまうものらしい。

菊園に逢い損ねた京伝が、どんな心持で一夜を過ごすのか知る由もないが、初瀬という京伝の相方は、人の思惑、世間の騒ぎ、なにもかもひっくるめてどこ吹く風と、少しばかり口元に笑みを浮かべた表情を保ったままだ。

――なかなか訳知りの遊女だな。伝さん、上首尾。

他人の相方の値踏みをしながら、なにげなく目を転じようとした瞬間、三保崎が流す柔らかな視線と南畝の視線がぶつかった。南畝の身内にびりびりとした衝撃が走った。

――エレキテルだ。

十年ほど前、平賀源内が拵えた妙なからくりを触ったことがある。あのとき、それまで体感したことのない奇妙奇天烈《きみようきてれつ》な波が体を伝わった。あれと似た感触である。

今日はなんという日だろう。三十日《みそか》に月が出るし、得体の知れぬエレキテルが体を走るし、あり得べからざることが立て続けに起こっている。その源は二つとも今、目の前にいる三保崎から起こっているのだ。

——源内さん、エレキテルがありましたよ。廓に、吉原に。

あのときは驚いただけで格別の感動はなかったが、今はエレキテルに非常な親しみを感じている。この思いを伝えられたら、源内はさぞ喜ぶことであろう。でも、その源内はもういない。

平賀源内は讃岐《さぬき》の国から江戸に出てきて多くの人物と知り合い、その伝《つて》を片っ端から活用して諸国を遍歴したり、わけのわからないものを発明したりしていた。周囲の者はその行動にずいぶん振り回されたが、彼のやっていることを迷惑だと思った人間は一人もいないはずである。源内はただ、得体の知れないことを見逃しにできなくて、なんでもかでも知りたくてわかりたくて、一所懸命に突き詰めていただけなのである。それなのにお上は、源内を奇人変人扱いし、怪しげな企みをする胡乱《うろん》な奴《やつ》と見なし、追いつめられた源内は人を殺《あや》めた罪に問われて捕縛されてしまった。そして、獄屋のうちで一体なにがあったのか。源内を理解し、気兼ねなく付合っていた仲間に、ある日突然、獄死という便りが届いた。人を殺めた経緯《いきさつ》についても、各々《それぞれ》のいい分がまちまちで、本当のところは結局わからない。

どんなに無念であったろうと、折に触れ南畝は、はるかに年嵩《としかさ》の源内を懐かしく思い出す。今夜は、源内の奇天烈な思いつきにかかる費用をかなり負担していた平秩東作もいることだし、なんだか、この座敷に同席しているような気がする。そういえば源内が死んでから六年。まもなく七回忌だ。

――仲間内で法事をしよう。

場違いではあったが、ふと殊勝な気持がよぎる。その途端、若い者が声を張り上げた。

「お召し替え～」

その声を合図に三人の遊女が一斉に立ち上がって座敷を出て行く。このあと客それぞれが、遊女に与えられている部屋に案内されて一夜の夢を結ぶ手順になっている。同じ遊女でも格式の高い花魁になると、初会はお目見得だけ。廓の言葉で裏を返すという二回目で客は遊女に口をきいてもらうことができ、三回目の馴染みになってやっと思いが遂げられるという厄介な仕来りに縛られているが、三保崎も、京伝の相方の遊女も格下の新造であったお蔭には、諸般の手続きが簡便にすんだ。

三日後、南畝は一人で松葉屋を訪れて三保崎を指名し、さらにまた三日経つのを待ちかねて吉原へ行き、三保崎に逢った。これで南畝は、吉原、松葉屋の新造三保崎の、誰憚らぬ馴染み客だ。

「うれしゅうござんす」

三保崎は少しかすれた声で礼をいった。丸顔に指先でつまんだような目鼻立ちは決して不美人ではないし、肩や背中やちょっとした仕草にはほのかな色気も垣間見え、気働きもある。遊女の資格は充分にあるはずなのだが、なぜか風情が地味に見え、南畝は、どう考えてもこの女が昔も今も、いい思いをしたことなど一度もないはずと思えて仕方がなかった。その一番手近な証拠が、見世出しから四年も経っているというのに、三保崎の身分が新造のままであるということだ。吉原の遊女は、まるで江戸城中に勤める直参の武士たちと同じように、それぞれの身分に応じて格式がしっかり決まっていた。

二

江戸の吉原は、大坂の新町、京都の島原と共に、幕府が営業を許可した官許の遊廓である。ほかにも手軽に男が女色を漁る場所があちこちにあるが、これは岡場所と呼ばれ、求めに応じる女たちも単に売女《ばいじょ》と蔑まれて、そこには大きな隔たりがあった。

その隔たりは、官許の遊廓の仕組みが、そこで働く人間たちも含めて町ぐるみ、格式によって成立っていることでも知れる。さらに遊廓で決められた格式は訪れる遊客にも及び、そこからはみ出す者は、客になる資格がないと見なされて笑いものにされた。

上客は、まず大門に続いて両側に軒を連ねる引手茶屋に上がり、一休みしたあと、茶屋の案内で指名した遊女のいる見世に出向く。従ってじかに遊女屋へ行き、遊女が居並ぶ張見世の格子先に立って、あれかこれかと自分で好みの遊女を見立てるのは、あまり上等の客とはいえないことになる。この日、南畝たちがいきなり松葉屋へ行ったのに、正規の客として迎えてもらえたのは、ひとえに松葉屋の上客である煙草屋の旦那、平秩東作のお蔭であった。松葉屋から、これも東作の行きつけである引手茶屋に使いが出て、本人がその手順を踏まなくても、上客が通すべき手順はちゃんとつけてあるのだ。

決まりごとの厳しいのは客だけではない。遊女たちにも、その容貌、気質、働き、さらには生い立ちによっても明確な階級がつけられていた。

一つの見世に四、五人いる高級な遊女は花魁と呼ばれ、傍らにはいつも身の回りの世話をする女たちが数人付き従っているが、地位が低ければお供はなくて、いくつになっても新造と呼ばれ、格子内に座る位置も端のほうと決まっている。三保崎がいた場所も、まさに端っこで、花魁たちが正面向いて堂々としているのに比べ、狭い所に窮屈そうに、体をひねって座っていた。客と夜を過ごす部屋も布団も、万事が立派な花魁と違い、至って手狭で粗末で無愛想に出来ている。

――分相応だ。

見世の看板を背負って立つ稼ぎ頭、いうところの職を張る花魁など、しがない御家人の南畝が手におえる相手ではない。こういう花魁は得てして、なにかの縁でごく幼い頃に廓に引取られ、芸事や行儀作法はもとより、人の上に立つ躾《しつけ》を充分に受けて見世出しとなる。当然、相手にする客は、そこまでに掛った入費《にゅうひ》を、すべて埋め合わせてくれるほどの人物を選ぶ。並の懐具合では到底太刀打ちできない代物だ。ましてや御家人風情には、まったく手の届かない高嶺《たかね》の花。

〽身の程を知らずと人の思ふやらん

人の口の端《は》には上りたくない。初めから、その辺りには目を向けないのが分相応というものである。とはいうものの、若い頃から戯《たわ》れ文など書いていたせいで南畝は、仲間内はもとより、行く先々で「先

生」と呼ばれることが多い。初めのうちは照れくさくもあり、なんだか馬鹿にされているような気もして、

「先生は、ご勘弁を」

などと拒んでいたのだが、そのうちに拒絶はかえって「先生」を際立たせる嫌味な謙遜《けんそん》と受取られかねないことに気付き、みんなが呼ぶ「先生」とは洒落であり、便利な符牒《ふちょう》なのだと割切ることにした。今では「南畝先生」が通り名で、本名の直次郎は、本人さえ呼ばれてもうっかり返事をしないほど遠くなっている。だから、御家人の分などといっても、

「なにをおっしゃいます先生。先生ほどの方が、そんなに謙遜なさっては、我らの立場がなくなります」

など、逆に切り込まれることもあって、これで結構、分相応を遂行するのは難しいのだ。それでも南畝は、自分を見失いたくないという自制心だけは、遊びながらも忘れずにいた。

南畝たちの遊び仲間が「遊ぶ」といえば普通、吉原をさす。その吉原で、これまで南畝は一体何人の遊女たちと枕を交わして来ただろう。馴染みになった女もいれば一夜限りで終わってしまった遊女もいる。吉原こそ天下御免の廓と称え、口では「なァに悪所さ」などと嘯《うそぶ》く、いっぱしの遊客ぶってはいるが、実のところ吉原も、南畝にとって決して居心地のいい場所ではなかった。

それは、とりもなおさず吉原の、一から十まで格式に縛られている慣わしが、否も応もなく自らの日常の立場を思い起こさせてしまうからである。七十俵五人扶持、その日暮らしのしがない御家人で、先祖がつけてくれた道筋を間違えずに辿っているだけの人間と自分なりに納得しているのだが、それでも南畝は、吉原へよく足を踏み入れた。

気のあった仲間に誘われて断ったことは、まず、ない。吉原に来られることは、自分が幕府から、死なない程度の餌を与えられて飼い殺しにされている犬ではなく、自分の生き方を自分で決められる人間であると、自分自身で認められるような気がするからである。

——慰めだ。自分への。

そして、その慰めは、三保崎を見初めたことで確信に変った。昼を欺く夜のけばけばしい明るさの中で三保崎はただ一人、質素で地味で平凡だった。しかもこの女は、質素で地味で平凡とは無縁であるはずの遊女だった。

「一服おあがりなんし」

煙草盆を引き寄せて煙管《キセル》に煙草を詰め、火をつけてから客に渡す吸付け煙草の仕草など、なかなか堂に入っている。吸付け煙草は、遊女なら当たりまえの仕草だが、素人女はやらない。地味で平凡な女の吸付け煙草。

――韓非《かんぴ》よ、矛と盾を今、目《ま》の当り、でござるよ。

中国戦国時代の法家韓非の書に出てくる、何ものをも通さぬ盾と何でも通す矛の、辻褄《つじつま》の合わないたとえ話が南畝の頭をよぎる。

――先生よ、おぬし、矛盾に惚《ほ》れたか？

自問自答してみても埒《らち》は明かない。明かないが、不愉快ではない。

不愉快ではないから、また逢いに来る。逢いに来ては、また自分が通い詰める理由を探し、自問自答する。

――先生よ、なぜ、かの者に逢いたがる？

男が勝手に遊女を思いつめて通い続ける話は世間にざらにあるが、まさか自分が、その轍《てつ》を踏むことになるとは思いもよらなかった。

あの初会のとき、門口で立ち止まって張見世に気を取られたのは、ちと大袈裟《おおげさ》だが天命だったような気がしてくる。南畝だけが心惹かれたのではない。三保崎のほうもなにかを感じ、体中で南畝の心を引き寄せていたのだ。

――そうだ、そうに違いない。

客に本気で接することを禁じられている遊女としては、あり得べからざることだが、三保崎は遊女としてではなく、一人の人間として南畝の心に合図を送っていた。そして、それを、見ず知らずの、出会ったばかりの南畝が、まるでそうなることが当然のように、ごく自然に受止めたのだ。

——そうだ、天命だ。あり得べからざることが起こったのだ。

今まで生きてきて、ただの一度も味わったことのない思い。切なくて胸が痛くなるほどの思いを、南畝はいつ、どこにいても感じるようになり、その苦しさから逃れようと吉原を訪れては、また苦しみを背負い込んで帰る。その繰り返しをするうちに年が明けて、世の中は天明六年の正月になった。

三

馴染みを重ねて二ヶ月、三保崎は相変らず、打ち解けているような、いないような態度で接し、南畝の問いかけにも、

「おや、身の上のご詮議でありんすかえ。わちきは根っからの遊女でありんす。この稼業が、なによりいっち似合っていると、親に太鼓判を押されておりますよ」

笑ってごまかしたり、時には突然、神妙な顔つきになって居ずまいを正し、

「なにをお隠し申しましょう。もと私は都の生まれ。父は御所に仕えおりまして、何某《なにがし》の納言とやら四位の少将とやら。幼い頃、清水寺へ

参詣の折、連れとはぐれたのが因果の始め。人買いにかどわかされて東に下り、行き着いた先がこの吉原。聞くも涙、語るも涙の憐れな身の上でございます」

などと、向島木母寺《もくぼじ》の梅若塚にまつわる言い伝えのもじりで、はぐらかしたりする。

そんな三保崎を見るたびに、南畝は一層この女が不憫になった。

いつぞや山東京伝が思い人菊園のことに触れ、「可哀そうでならない」と口走ったとき、南畝はからかい気味にいったことがある。

「可哀そうでならない、なんて、伝さん、あなた、よっぽど菊園に惚れていなさいますね」

他人をからかっている場合ではない。今の南畝は、まったく同じ穴に落ち込んで身動きできなくなっている。

――不憫だ。この女は自分を偽っている。それとも間違って思い込まされているか。まるで自分を知らないか、そのいずれかだ。

遊女で生きている限り、自分は遊女向きに出来上がっていると信じ込むのが一番楽な生き方であろうけれど、そんな情けない考え方を、ほかならぬ三保崎がしてはいけない。

「無理することはありません、三保崎。わたしの前で作り笑顔はしてくれるな。悔しかったら怒るがいい、辛かったら声を上げてお泣き。馬鹿にしたい奴がいたら嘲笑《わら》ってやれ、可笑《おか》しいときは腹から笑っておしまい。わたしの前では素直になってください」

まるで懇願であった。南畝は三保崎の顔を正面から見据えて一言一言絞り出すような声で伝え、しまいには両手を突いて頭を下げた。

「もったいないことおっしゃいます。どうか、お手をあげておくんなんし。わちきのような女に、お武家様がそんなことをなすってはいけませんよォ」

母親が幼い子どもを窘《たしな》めるような口調でいいながら三保崎は、畳についている南畝の手を取って自分の掌《てのひら》に挟み、拝むように押し頂いた。その手に涙がこぼれた。三保崎は泣いていた。初会から二ヶ月過ぎて、初めて見せた涙だった。

ぽつぽつと身の上を語り始めたのはそれからである。

「松葉屋に奉公いたしましたのは十七の冬。ひと月ばかり小間使いを勤めながら廓の決まりごとを教えてもらい、それからすぐに新造になって見世に出ました」

見世に出ればその日から客をとることになる。それでも三保崎は、親が直参の武士であったこともあって幾分優遇され、ひと月ばかり見習いをさせてもらうゆとりがあった。奉公人によっては、連れてこられたその日から見世に出されることもあるようだ。

もうひとつ不幸な中にも幸せであったことは、新造三保崎を世話する花魁が、当時松葉屋の職を張る瀬川であったことだ。新造は一人前の花魁ではなく、稼ぎ手の花魁の引立てを受けて働く半人前である。三保崎は瀬川の配下に属しているわけであった。

花魁瀬川は松葉屋一番の稼ぎ頭であると同時に、名前そのものが、代々職を張る花魁にだけ許されているほどの権威あるもので、このときの瀬川は六代目であった。南畝など、昨年来足しげく松葉屋に通っているが、瀬川の姿をついぞ見かけたことがない。瀬川ほどの身分になれば張見世に出ることもなく、次の間付きの自分の部屋で、身の回り一切の世話をする番頭新造や遣り手のおばさん、小間使いの役目をする、まだ七、八つの女の子を侍《はべ》らせながら、客のほうから三顧の礼をもって出向いてくるのを待っているのだ。

わざわざつけたその格差が吉原の権威になり、各見世の格式や繁盛にも繋がってくるというわけである。

「直参か……」

南畝は思わず呟《つぶや》いた。遊女はあちこちの在所から連れて来られた者が多いのだが、三保崎には田舎訛《なま》りがない。江戸育ちであろうと察してはいたのだが、まさか親が武士で、しかも直参とは気がつかなかった。二百石取りの旗本であったという。南畝よりはるかに身分の高い、御目見《おめみえ》以上である。世が世なら三保崎は、徒士《かちざむらい》風情がまともに口をきいてもらえる相手ではなかった。

「父は、若い頃からあまり体が丈夫ではなかったようでありんすが、四十三になるとすぐ、急に心の臓が止まりまして。うっといったなり、それきりでござんした。まだお正月の松飾りがとれないうちで……お医者様のお見立てでは、気病みということでありんしたが」

三保崎が物心ついた頃から父親はずっと痩せていて顔色も悪く、最期のころは目つきもうつろであったという。そして不幸なことに、父が亡くなるたった二ヶ月前に祖父も他界していたのである。祖父は天寿を全うしていたが、新しく当主になった父親が幕府への届出をなおざりにして、自分の跡を継ぐ者を決めないまま死んでしまった。

「婿も決めてなかったのかい？」

娘だけで男子がいない家では、早くから相応な相手を養子に迎える手筈を整えておく。娘の婿にして家督相続させるためだ。三保崎の場合も当然その準備がなされているべきなのだが、どうやら、なにも決めていなかったらしい。父親の責任である。

「父上の跡目相続もすんだばかりでありんしたから」

三保崎は父を庇《かば》った。

それなら母親は？　普通ならば妻の才覚で親類縁者と協議の上、死去の日を少しずらし、幕府に跡目相続の願いをまず出しておいて、受理されてから当主の死去を届けることも出来たはずだ。それくらいの偽装はよくあることで、体裁さえ整っていれば幕府は大目に見てくれる。でも、三保崎の家ではやらなかった。相続する者がいなければ仕方がない。その家は、それでおしまいである。

「親の恥を申すようでありんすが、ぬしさんの直《す》ぐなお心におすがりしてお話し申します」

三保崎の親の名は真野惣七郎。祖父の跡目を継いで上総《かずさ》の代官になった。二百石のほかに役料百五十俵七十人扶持が与えられるので、家は比較的裕福であった。

母は上総の生まれで真野家の奉公人。当時、まだ部屋住みであった惣七郎の手がついて子を宿し、月満ちて女の子が生まれた。本名志づ、のちの三保崎である。とりあえず旗本の娘として養育されていたが、母の身分は召使のままであった。

志づが九歳のとき、惣七郎が妻を迎えた。二百石取りの旗本の娘だが、惣七郎より二つ三つ年上で、嫁入りは二度目ということであった。

「お名前は確か、お石さんであったと思いんす」

志づは、お石を「母上」と呼ぶように躾けられたが、毎日顔を合わせてもろくに口もきかないので、打ち解けることは遂になかったし、志づとその母親は一部屋別間をあてがわれて、父や祖父とも、あまり親しく逢うことはなくなっていった。

父惣七郎と妻お石の間に子どもはいない。志づが真野家にとってただ一人の子どもである。しかし、真野家の一人娘として届出が幕府に提出されていなかった。志づは宙に浮いたまま成長し、年頃を迎えたとき、祖父と父が相次いで他界してしまったのである。

後家になったお石は早々に実家に帰ってしまい、以後真野家との一切の接触を断っている。それというのも当主の死後、若年寄から、祖父惣十郎勝照が代官を勤めていた折、租税徴収について不正があったという問い合わせがお石の実家にあって、このとき関わりを恐れた実家が、

「お石、嫁入り前のことであり、真野家当主死去ののちは、お石も当方に戻しましたことなれば、手前共では一切あずかり知らぬことにございます」

と釈明して事なきを得たからである。

それだけではない。祖父にも妻がいてまだ健在だった。この人物は後妻で、義理の息子とも、もちろんその妻とも折り合いが悪く、家の断絶が決まっても落着く先がないまま、志づ母娘《おやこ》と暮らしていた。

四

それから半年くらいは、母親と義理の祖母と三人でなんとか暮らしを立ててきたが、まもなく二進《にっち》も三進《さっち》も行かなくなって、その年の十二月、志づは吉原へ身売りすることになった。仲介してくれたのは母親と同郷の男で、

「波きりの長次と申しやす」

嵐の海を小舟で乗り切ったことが世間の評判になり、いつのまにや

ら呼ばれるようになったあだ名だと、誇らしげに告げる渡り中間であった。

渡り中間は、禄高の低い旗本屋敷で供揃《ともぞろ》いが必要なときにだけ雇われることが多いから、長次は以前、真野家にも出入りしていたことがある。父惣七郎が跡目相続のお礼言上に、若年寄まで挨拶に出向いたとき、供揃いに加わっていた男だ。長次は、真野の家を出てからわずかな間に四谷、本郷と住み家を替えた志づ母娘と祖母の前にちょいちょい顔を見せ、親切らしく母親の相談に乗っていた。

まだ幼な顔の残る年頃に上総から出てきて真野家の召使になり、跡取り息子の手がついて志づを産んだ母親は、主人、朋輩を問わず家内では、いじめられたり蔑まれたり、辛い目に遭ってきてはいるものの所詮は世間知らずである。少しばかり見てくれのいい男が、重宝な口で、やさしげなことを言うのを真に受けて、程なく理《わり》ない仲になった。無理もない、母親もまだ若かったのだ。長次はそこに付込んだ。

「松葉屋に知り合いがいるから悪いようにはしない。うまく話をつけてやるから、安心するがいいよ」

母親にしてみれば長次は、母と娘が路頭に迷っている時に手を差し伸べてくれる、親切で優しくて有難い男であった。折から御金《おかね》奉行の同心だと名乗る侍が母娘の侘《わ》び住まいを訪れて、祖父が代官時代に起こしたという不正を蒸し返し、改めて勘定奉行からお呼び出しがあろうと告げていった。

なにがなんだかわけのわからない母親はうろたえるばかり。長次に相談すると、「そいつは言いがかりだ。太《ふて》え奴だな」といいざま外へ飛び出して行き、たちまちその同心に逢って話をつけてきてくれた。

「安心するがいい、もう二度と、あんな奴に敷居をまたがせないから」

しかし、ただでは引っ込むはずがないので、それなりの袖の下をつかませてある。

「ま、いいってことよ、ある時払いの催促なしで構やしませんよ」

その金は長次が立て替えてくれたそうで、母親は、そのことにも強く恩義を感じていた。だから志づが吉原に身を売ることについても、まるで無頓着だったのである。

「長次さんが万事うまく取計らってくれたから、大丈夫。瀬川さんという吉原一番の花魁が志づの身元を引受けてくださったって。有難いじゃないかねえ」

吉原の仕組みなどまるで知らない母親は、ものの見事に長次の口車に乗せられ、娘が苦界に沈むことを、まるで立身出世でもするように考えているようだった。

実際には、瀬川引立ての新造とはいっても、三保崎となった志づの勤めがらくになるわけではない。ただ遊女同士の競い合いのなかで、幾分立場がよくなることもあるといった程度である。瀬川にしてもお職といわれ、吉原随一の花魁ともてはやされたところで、色香を商う遊女であることに変りはなく、他人の身を案ずるより、我が身こそ一日も早く苦界を抜け出したいと、その算段に明け暮れているに違いないのである。

　しかし、そんな思惑を感じさせないのが吉原で、無認可の岡場所にはない格式とか仕来りとか、がんじがらめの掟もまた、吉原の全盛を謳《うた》いあげる大きな証《あかし》になっていた。

「岡場所に売られなかったのを幸せと思っておくんなさい。これは長次の働きでござんすよ。お袋様だけだったら悪い女衒《ぜげん》に騙《だま》されて、どんな酷い目にあったか知れませんぜ」

　長次は売られてゆく志づに、女の売り買いで世渡りをする手合いを引き合いに出して、手柄顔をした。そして最後に、志づの耳元に口を寄せ、そっとささやいたのだ。

「お嬢さん、あなたはお袋様に似ておいでだ。てんから遊女に向いていなさる」

その一言を三保崎はずっと忘れられずにいる。侮《あなど》られたとは思っていない。むしろ、力づけてもらったと思っている。この一言のお蔭で辛い勤めも辛いと感じないように自分を仕向けることが出来た。もしかしたら母親の言うとおり、親代りを意味する親判までついてくれた長次はいい人なのかもしれない。

「ぬしのような立派なお方に見《まみ》えることが出来たのも吉原にいたればこそ。うれしくてなりんせんよォ」

無邪気にさえ思える三保崎の述懐を聞くにつけ南畝は、長次という逢ったこともない男に、途方もない嫌悪感を覚えた。勘定奉行から呼び出しがあるとか、袖の下を渡したとかいうのも彼奴《きゃっ》の作り話で、要は、世間知らずの母娘を舌先三寸でいいくるめて金蔓《かねづる》にしているだけなのだ。巻き上げた金は全部、自分の楽しみに使い果たしているに違いない。

しかも、いつのまにやら母親は江戸を離れて生まれ在所の上総に戻っており、義理の祖母も代替りしている実家に預けられていたという。どんな境遇になっているやら。どう思い回しても、安穏に暮らしているわけがない。たとえ貧乏所帯を張っていても、他人とはいえ年寄りがいて、母と娘が一緒にいさえすれば些《いささ》かなりとも光明が見られたであろうのに、一家離散の憂《う》き目に遭っては、それも適わぬ。しかもその母も他界したとの知らせが届いた。二年前のことだ。

五

それをわざわざ松葉屋まで告げに来たのは、長次本人である。
「おっかさんはね、胸にしこりが出来てねえ。あちこち手を回して、何人もの医者に診てもらったんだが、さっぱり様子が知れねえし、病人は苦しがって目も当てられねえ始末でねえ。俺にしたところで、仕事にも出ねえで来る日も来る日も看病だ。藪のくせして医者は法外な薬礼をとりゃァがる。まったく往生しやしたよ」

そのときの薬礼やら葬式の入費やらで借金ができたといって、三保崎のいる松葉屋へ金の無心に来たのである。

母の最期のために使った金と聞いては捨てて置けない。三保崎は松葉屋に掛け合って金を借り、長次に持たせて帰した。三保崎が身を削って拵えた金子《きんす》を、長次がほんとうに母親の菩提《ぼだい》を弔うために使ったかどうかは定かではない。

「借金が増えましたから、わちきの年季《ねんき》も二年延びました」

三保崎が身売りしたときの年季は五年。年季が明けたら母の生まれ在所を訪ね、一緒に暮らそうと、指折り数えてその日を待ち焦がれていたというのに、自由の身になれるのは、まだまだ先のこと。それも母親と一緒に住めるわけではなく、墓参りである。

そんな目にあっているにもかかわらず三保崎は、長次を恨むどころか、

「一人になった母《かか》さんの傍にいてくれたうえ、わちきに稼ぎする道を

教えてくれましたもの。そのお蔭で親孝行の真似事ができますよォ」

天職につかせてくれた恩人だと思いこみ、感謝さえしていた。

――遊女が天職などと、そんな悲しいことをいってはならぬ。

長次は、生身の体が商売道具になるように生まれついていると、三保崎の志づに吹き込んだ。恐らくぬめぬめとした声音《こわね》であったろう。

考えただけで耳元に虫が這《は》うような心持がしてくる。

――人間の風上に置けぬ奴。

その上に三保崎は、遊女になったお蔭で「ぬし」に逢えたと喜んでいるではないか。

――わたしは、この女に称えられるほどの器量を持ち合わせていない。

南畝は消え入りたい思いであった。

理由がある。南畝は、真野何某の噂を以前、聞いた覚えがあるのだ。神君家康公以来の旗本ではあるが、たいした働きもないまま長らく無役でいた。それが、九代将軍家重《いえしげ》公のころ、惣十郎勝照の働きで勘定方から出世して上総の代官にまでなったのである。問題はその跡目を継いだ嫡男惣七郎であった。気が弱いのか或いは敏《さと》過ぎるのか、とにかく気持の浮き沈みが激しい生い立ちで、早死にした生母の後に来た義母との折り合いが悪く、やっと嫁いできた妻との仲に子どももできなかった。父の死後たったの二ヶ月で後を追うように逝ったのも、狂死と取沙汰《とりざた》されている。

父惣十郎勝照が租税を私した、という噂も南畝の耳に届いていた。

幕府内の各自の職分は先祖伝来で、どの家もほとんど動きがない中に、一代で細かい算用に明け暮れる勘定方から天領を支配する代官にまで昇った人物であるだけに、ずいぶん阿漕《あこぎ》な真似もしたのであろうと、当人を知る者も知らない者も当時、面白半分嫉《ねた》み半分に話を大きくしていったと思える。

南畝自身も、そんなこともあろうかと噂話を聞き流し、さのみ気にもかけずに今日まで過ごしてきた。まさか三保崎が、その真野家の余類であろうとは、まったく思いもかけぬことであった。急死した惣七郎に娘がいたことも知らなかったのだ。

——うかつであった。

南畝は、恥入るばかりであった。

同じ直参とはいえ御家人と旗本には大きな隔たりがあって、事情を知っていたからといってなにが出来るというものでもないが、浮かれ気分で吉原に通い、そんな訳ありな女とも知らず、馴染みを重ねてきた自分が恥かしい。しかしながら、思えば、張見世に並んでいる三保崎に心奪われたのも、前世からの宿業《しゅくごう》、因縁といったものかもしれぬ。

――なんとかしなければ。これは己《おれ》の責務だ。

知らぬうちはともかくも、身の上を知ったからには放ってはおけぬ。しかも三保崎は、どことなく体の具合が悪いようで、他人に悟られないように気を遣いながら、そっと溜《た》め息をついていることがあった。一日も早く泥水の中から抜け出させ、養生させなければならない。

――苦界から抜け出させる思案はないものか。

遊女の身請けには途方もない金子が必要である。先ごろ瀬川を身請けした大商人は、千五百両もの大金を積み上げたそうだ。幸か不幸か、三保崎はそれほどの大物ではないので、身代金はもう少し抑えられるであろうが、それにしても貧乏御家人が揃えられる金額でないのは知れている。南畝一家は両親妻子六人が、一年ざっと四、五十両ですませるぎりぎりの暮らし向きだ。どうあがいても無理である。

——見捨ててしまうのか。諦めるのか、諦められるのか。南畝よ。

無理だ。見捨てることは出来ない。諦めきれない。

——ではどうするか？

恥をかくことだ。体面を捨てて、誰かに金の無心をするしかない。

十年ばかり前、南畝は長患いをして出費が重なり、あちこちに出来た借金を、狂歌仲間に助けてもらった経験がある。

若い頃から先生と呼ばれ、一目おかれる存在であったから、普通なら目通りも適わぬような大名家の当主に招かれて正客の座に据えられることもあり、身分不相応な宴席に一座することもままあったが、御家人大田直次郎としては、狂歌仲間とも対等の付合いをしてきたはずである。しかし、このときは、二進も三進もいかなくなって、他人の懐を当てにし、他人の好意に甘えた。

「返済などと、他人行儀なことはお止めください」

仲間たちはみんな、そういってくれて、金銭を揃えて返しはしなかったが、戯れ歌や戯れ文を山ほど書いたり、乞われるままに狂名を授けたり、指南したりで謝礼の代用としたものだった。そのときの重荷が、近頃やっと軽くなってきたと思ったとたんにまた金の入用である。それも途方もない大金。しかも病という、万やむを得ない場合と違ってこの度は色恋沙汰である。妻子持ちの中年男が、色里の女に魅かれた挙句の無心なのだ。

――みんな呆れるであろうなあ。逆の立場であったら、わたしだって呆れる。

恥をかきたくない。身奇麗《みぎれい》に過ごしたいという思いで、南畝は今まで生きてきた。しかし、それは信念ではない。ただのやせ我慢だ。

――信念もやせ我慢も、今が捨て時なのではないか。

人間が生涯に一度、たった一度だけ己の人生を賭けることがあるとしたら、その時こそ今だ。三保崎の命を救うために、己の人生が賭けられるなら本望だ。

――南畝よ、今だ。

三保崎の身請けを決意した南畝は、金策の相談をまず平秩東作に持ちかけた。東作は三保崎との出会いを知る人物であり、身代といい年頃といい、もっとも相談しやすい人物だったのである。

「承りました。悪いようにはいたしません。お任せくださいまし」

東作は頼もしかった。詳しい経緯を南畝に確かめもせず、すぐさま松葉屋に掛け合い、身代金を取決めてきた。

「二百両でございます」

先代瀬川の身代金、千五百両に比べればささやかなものだが、七十俵五人扶持の身分からすれば目のくらむような大金である。早々に返せる当てはない。

「ご安心くださいまし、手前どもは商人。必ず元は取返します。先生のお蔭で付合いが広がり、お大名の屋敷にもお出入りが適うようになりました。これからもまだまだ、先生のご余光に与《あずか》って商売する気でございますから、どうぞ大きな顔して、胸を張っておいでなさいまし」

日頃から、南畝を中心とした会合に集まる人物は幅が広く、武士もいれば、小難しい理屈をこねる国学者や漢学者、裕福な商人やらその伴侶やら遊芸の師匠やら役者やら、実に多士済々であった。武士にしても旗本や御家人だけでなく、国持ち大名にさえ南畝贔屓がいて、その屋敷に招かれることもあり、同じく南畝贔屓の面々とともに日頃の蘊蓄《うんちく》を傾けながら無礼講で酒を酌み交わしたりもする。

そんな付合いの中で各自がさらに親交を深め合い、ごく自然な成行きで商いにまで道が繫《つな》がっていったようだ。平秩東作こと煙草屋の稲毛屋金右衛門も、大田南畝を軸にして商売を広げていった一人である。

「忝《かたじけな》い。お言葉に甘えます」

南畝は、相手の好意を素直に受取ると同時に、南畝に引け目を感じさせまいとする東作の、さりげない言葉遣いにも感謝した。

六

「いいのです。これくらいのこと、やれる者にはやらせておやりなさいまし。先生は日頃から、ちとご遠慮が過ぎます。みんなかえって、淋しく思っているくらいでございますよ。丁度ご用に立てる場所に居合わせて、東作大人《とうさくうし》は幸せに思っておいででしょう」

三保崎身請けを聞きつけた狂歌仲間の連中は、しきりに恐縮する南畝を、まるで凱旋将軍でも迎えるように称え、祝ってくれた。決してからかっているのではない。ましてや嫌味をいっているのではさらさらない。本心なのだ。真実なのだ。その真心は南畝の心にまっすぐに伝わってきた。みんなケレンみなど微塵《みじん》も持ち合わせない、いくつになっても心のまっさらな、いい人たちだった。

「有難い」

心の底から南畝は、こんな仲間に囲まれていることを分に過ぎた幸せだと思う。

ことに手放しで南畝の決意を誉めちぎったのは、ほかならぬ山東京伝であった。

「いいお話を承りました。同じご直参の娘御の不幸を見過ごしに出来ないなどと、先生ならではの義侠心《ぎきょうしん》。江戸育ちはこうでなくちゃいけません。東作大人も見事な軍師ぶり。いやはや感服つかまつりました。近頃の快挙です。よおよお、あから屋ァ」

南畝の狂名、四方赤良《よものあから》をもじった誉め言葉は、まるで芝居の大向こうである。

「伝さん、からかってくださるなよ」

一度だけ南畝は京伝を軽く睨《にら》んで見せたが、もちろん京伝に他意のないことはわかっている。このとき以後、南畝は、三保崎の件について一切言い訳をいわず、照れる素振りさえ封じ込めて、鷹揚《おうよう》に構えることに決めた。

人々の有難い心遣いが、四方八方から飛んでくる吹き矢のように南畝の体に突き刺さる。それに耐えて鷹揚な素振りをしてみせることが、人々の好意に甘える南畝の今の勤めであった。とはいえ、それで問題がすべて片付いたわけではない。早速取り掛からなければならないことは、三保崎の落着き先であった。まさか自宅に連れて行くわけには行かないではないか。

牛込中御徒町《なかおかちまち》の自宅は百坪余りの敷地に三十坪ほどの家が建っている。すでに百年近く住んでいるが、いまだに敷地、家屋とも幕府からの借り物で、もし幕閣の誰かが気まぐれから、あの敷地が必要だと思いつき、旗本御家人を支配する若年寄に「出てゆけ」と命じさせれば、一家揃って明日にでも、家屋敷を明け渡して立ち退かなければならない。そして、家の中には六人の家族。

両親がいて妻子がいて、しかも今年七歳になる男の子は智恵のつき具合に少し難があって、算用は得意だが言葉がうまく出て来なくて、一日中黙りこくっているかと思うと、突然癇癪《かんしゃく》を起こしたりする。それから、空地は野菜畑になっていて、時々早稲田村からやって来る野菜売りの嬶《かか》に手ほどきを受けながら妻の里与《りよ》が丹精していて、時には母も手伝って、土を掘り起こしたり、種をまいたり、水を遣ったり、生《な》り物《もの》を穫り入れたりして、暮らしの足しにしている。そんな家へ、どうして三保崎を連れて行かれよう。

「憐れな境遇の女である。家族で面倒をみてやるように」

などと、口が裂けてもいえるものか。第一、妻の里与にどうやって納得させるかも考えなければならない。里与は、一緒になってこの方、ただの一度も口答えしたことはないし、両親によく仕えてくれるし、手のかかる息子の面倒も怠らず見ていてくれるが、これまで笑顔を見せたことがほとんどない。

よく見れば、それほど無様な顔立ちではないのだが、生まれつきそういう人相なのか、どことなく陰気で、他人にはいえない屈託をたくさん抱えているような顔つきをしている。とかく家路につくときの南畝の足が湿りがちなのは、これが原因の一つになっているかもしれなかった。

でも、里与は妻である。まぎれもない大田直次郎の妻である。夫が見ず知らずの女を連れて来て、一つ屋根の下に住んで、喜ぶわけがない。

——上総の母親の実家を探し出して、そこに送り届けるか？

しかし、母親はもういない。もともと実家があるくらいなら、三保崎もこんな境遇にならずにすんだはずだ。加えて、自由の身になった三保崎を目当てに、波きりの長次なるあぶれ者が、またどんな悪智恵を働かせるか知れない。それに、なにより心配であったことは、三保崎の体が、どうやら病に冒されているらしいということであった。

ときどき微熱が続いたり、咳き込んだり、体中が痺れたようにだるくなったり、気が遠くなったりするという。松葉屋でも心配して医者に診せたようだが、とりあえず精のつくものを食べさせ、ゆっくり養生することだ、という診断で、結局なんの病かわからないままであった。身代金が二百両ですんだのも、松葉屋にしてみれば、見世にいるうちに患いつかれでもすると面倒なことになりかねないので、少しも早く片をつけたい、という気持が働いたのかもしれない。三保崎を色里から解放してやることは、南畝の急務であった。

虚仮《こけ》の一念といった気合で身請けして、ともかくも松葉屋が世話してくれた借家に仮住まいさせたが、吉原田圃《たんぼ》の一角にあるその家は、黒板塀に囲まれた二階家で、見るからに囲い者が住みそうな造りの上、何よりの難点は吉原に近いことであった。南畝は訪れるたびに人目が気になり、辺りをきょろきょろ見回してから家のなかに入る。途中ですれ違った笊屋《ざるや》や善光寺の御封《ごふ》売りにしても、俯きがちに歩く南畝の姿を横目で見て、「ははあん、これから囲い者のところへ行くのだな」と見通しているように思えるのだ。

通う恋路はどんなに遠くても、不便でも苦にならない。とはいうものの、盗人が狙い定めた金蔵に忍び込みでもするように、こっそり女のもとを訪れる姿は、仮にも先生と呼ばれている身として恥かしい。その家に上がったところで、病の床についている三保崎と睦言を交わすことさえなく、背中を摩《さす》ったり、薬を煎じてやったりするだけなのだが、しだいに気持が疲れてくるのを南畝自身、気がついていた。しかも、この家、貸料が不相応に高い。やはり吉原に近いという場所の利がものを言っているのだろう。

――なんとかしなければ。

南畝の難儀を聞きつけて狂歌仲間が数人、京橋の湯屋、もとの木網《もくあみ》の家に寄集まる。ああでもないこうでもないと、鳩首《きゆうしゆ》会議を続けるうちに、

「よろしゅうございます。手前どもでお預かりいたしましょう」

渡りに船の一声がかかった。声の主は加保茶元成《かぼちやのもとなり》であった。本名は市兵衛。吉原の遊女屋、大文字屋の亭主である。松葉屋に通う前は南畝も、吉原といえば行く先は大文字屋であった。

「手前どもの寮が新鳥越にございます。只今、部屋が空いておりますから、しばらくの間、そこにお置きなすったらいかがでございます？」

吉原の大籬《おおまがき》では廓の外の閑静な場所に、たいてい別荘を持っていた。亭主が特別の客の接待に使用するのが主な目的だが、職を張るような、見世にとって大事な遊女が体の不調を見せたときなど出養生と称して一時、寮で過ごさせることもある。大文字屋は先ごろ、二軒目の寮を手に入れたばかりで、五十代の夫婦が寮番をしているということであった。

「まだ手入れをしておりませんので荒れておりますが、ほかに誰もおりません。気兼ねはご無用でございます」

新鳥越は山谷堀の口付近にできた新開地で、閑静というより淋しいといったほうが似合う土地である。ところが近頃は、そんな土地柄がかえって好まれるのか、気散じには格好の場所との評価が高まり、大商人や大身《たいしん》の旗本が、別荘地として求めるようになっていた。大文字屋の寮にも逍遥楼《しょうようろう》という洒落た名前がついている。加保茶はここで、狂歌仲間が集っての宴席や、秋草にすだく虫の音を楽しむ集まりなどを催したいと考えているようだ。

「お世話をかけます」

南畝は素直に、仲間の好意に甘えた。

「千秋万歳《せんしゅうばんぜい》、一陽来復、三保の松原、常磐の緑。枝を張る蓬莱《ほうらい》の池のほとりに鶴と亀。君は千代ませ、千代ませと喜び祝い奉る」

山東京伝の陽気な歌声が、折から休日で人気《ひとけ》のない湯屋の二階に響く。

かくて、三保崎住まいの一件はとりあえず、めでたく落着した。

第二段　その一　湯屋の二階

やう〳〵と　来てむぐりこむ　つめたさは
君がこゝろと　鼻と両あし

一

湯屋に二階があるのは男湯だけである。

女は身奇麗《みぎれい》になりさえすればそれでよく、さっさと家に帰って子どもの面倒も見ねばならず、夕餉《ゆうげ》の仕度もしなければならない。中には湯上りあとの化粧やら着替えやら、訪れる男を待つ身の心弾む身仕度に急ぐ手合いもあり、湯屋の二階でのんびり時を移している暇はないのだが、その点男は気らくなもので、湯屋と床屋は一通りの身だしなみを整える場所であると同時に、世間話をしたり、囲碁将棋などに興じることもできる、くつろぎの場所であった。

湯屋の二階には茶釜がかけてあり、駄菓子も売っている。十文も出せば、一《いっ》とき（ほぼ二時間）やそこらは、喉をうるおしながら天下国家の政《まつりごと》の不満から、横丁の隠居が寵愛《ちょうあい》する目白が野良猫に襲われて死んだ話まで、自由に語り合うことが出来た。おまけに、ここには無粋な身分の隔たりがない。武士も町人も師匠も弟子も大家さんも店子《たなこ》も、みんな一つ所に座を占めて、それぞれが思い思いのやり方で湯上りを楽しんでいる。湯屋の二階は体だけではなく、男たちの命の洗い場でもあった。

「これはまた、結構なお茶ですな」

湯屋の亭主大野屋喜三郎こと狂名、もとの木綱《もくあみ》がいれた煎茶を一口飲んで、思わず南畝《なんぽ》は感に堪えた声を出した。口の中にほのかな香りが広がり、後口《あとくち》がほんのりと甘い。

「お口に合ってなによりです。都の巽《たつみ》とはまいりませんで駿河《するが》の産ではございますが、新茶少々お目にかけましてございます」

宇治茶ではないと謙遜《けんそん》しているが、駿河の茶町から運ばせた、とっておきであろう。木綱は満足げである。

「ひゃー、長《なが》の道中はるばるお越しの新茶様。お目文字が適《かな》うとは、まったくもって、分に過ぎたる身の幸せ」

山東京伝《さんとうきょうでん》が誉め言葉の上塗りをした。

普段、二階で売り物にするお茶は安物の番茶だが、湯屋が休日のこの日は、格別の葉茶の出花を供してくれている。ほかならぬ狂歌連への亭主の心入れであった。

どこの湯屋にも、月に一度か二度、休みの日がある。特に日を定めてはいないが、大きな火を扱う湯屋は火災の起こりやすい風の強い日に営業しないし、将軍家が寛永寺だの増上寺だのにお成りの際も休むことになっている。人が集まる場所はとかく剣呑《けんのん》なことが起きやすいからである。そのほかにも湯屋によって、人手が足りなくなったとか、喧《けん》嘩《か》沙《ざ》汰《た》があったとか、人死にが出たとか、薪《まき》が値上りして湯が沸かないとか、休日の理由はいろいろあるが、一番大きな理由は、洗い場の流し板も浴槽も全部、からからに乾かすためであった。

三助が毎日、流し板を始め浴槽や桶《おけ》を磨き砂で磨き上げ、清浄に保ってはいるものの、湯水に混じって人の体の汚れや糠《ぬか》が流れ続けている流し板は、すぐにぬめぬめとしてくる。

「きゃーっ」

どうかして起こる時ならぬ悲鳴は、女湯で誰かが流し板に這《は》うナメクジを見つけたときだ。休みの少ない湯屋ではよくあることだが、その点、もとの木網が経営する湯屋はこまめに休日を作って浴槽、流し板はもとより脱衣する板の間も土間も裏の風呂焚《た》き場も、もちろん二階も、屋内すべてを乾かしているので、そんな不祥事は起こらないようであった。

「京橋さんは余裕がおあんなさるから、存分に流し板を休ませることもおできなさるが、手前どものように、その日の薪の工面に四苦八苦しているような湯屋では、そんなにしげしげ休んでいては、洗い場が干上がる前に一家が干上がってしまいますよ」

南畝が外出の際、往き帰りに好んで立寄る飯田町の湯屋の亭主は、次の休日を訊ねた南畝にそう答えた。せっかく回り道をして湯屋に来て、「今日休」の札を見るのは気持を萎えさせる因《もと》だから、あらかじめ知っておきたいと願って訊ねただけなのだが、いわれてみれば肯《うなず》けないこともない。京橋さんとは、もとの木綱の湯屋のこと。確かに京橋の湯屋は格別上等に出来ていた。よくよく思い返せば南畝自身、飯田町の湯屋の二階でくつろいだ記憶はない。あの二階で、わずかながらでも散財する気には到底なれないのだ。

「旦那、碁盤の上等なのを入れました。お旗本のお蔵から出ました掘出し物でございます。ひとつお手合わせを」

囲碁に凝っているらしい飯田町の湯屋の亭主に引き留められたこともあったが、

「囲碁は苦手だ。残念ながら」

振切って逃げた。亭主が、南畝の顔を見ても素っ気ない素振りを見せるようになったのは、あれ以来である。

この湯屋を使う理由は、自宅から遠くもなく近くもなく、客に顔見知りが少ないということだけ。雨の日もかんかん照りの日も吹雪の日も、歩き回っている間に体が浴びた一日分の埃《ほこり》を落とすだけのことである。それでも真夏は、家に着くまでにまた汗をかいてしまうので湯屋には寄らず、帰宅してから行水で汗を流すようにしている。湯銭の節約にもなるし、これはこれでまた、すっきりといい気持のするものだ。

父も番勤めをしている頃は、時々この湯屋へ寄ることがあったようだ。父にとっては唯一の贅沢《ぜいたく》だったかもしれない。

「おや、すっきりとしたお顔つきでいらっしゃいますこと」

玄関に出迎えた母の声が、いつもよりとげとげしていたと、子ども心にも覚えがある。父は腰の大小を母に渡しながら、

「ああ、うむ……」

などと言葉を濁していた。

母の声がとげとげするのも無理はない。町家《ちょうか》の女は簡単に湯屋へ行くが、いやしくも武家の女が、町家の者の目の前で無防備な姿をさらすことなどできない、というのが、微禄とはいえ武家に育った女の矜《きょう》持《じ》である。

土台、幕府の掟《おきて》が、武士は町人と交じり合ってはならぬ、ということになっていて、住む場所も武士と町人は隔てられていた。したがって母は、生まれてこの方湯屋にいったことがない。沐浴《もくよく》は縁側をはずれた所に設えた簡単な囲みの内で、湯水を満たした盥《たらい》を使って行われていたのである。しかし行水というもの、夏場はいいが冬は寒い。女たちは台所の土間の、竈《かまど》脇に盥を据えて、不自由な格好で湯を使っていた。

南畝も幼い頃、竈脇で湯浴《ゆあ》みした記憶がある。母親が、まるで羅生門の鬼退治をする渡辺綱《わたなべのつな》のように南畝の首根っこを引っつかみ、体をごしごしこする。

「じっとしておいでなさい。おとなしくしていれば早く済みます」

早く終わらせてもらいたい一心で南畝は母の言葉を信じ、盥の中で無念無想を決め込んでいたものだった。

二

七歳くらいになると、時折父が湯屋へ連れて行ってくれるようになって、母の鬼退治から逃れることが出来た。

飯田町の湯屋まで行くこともあるが、その頃、家から四、五町離れた寺町に新しく湯屋が出来て、そこに入りに行くようになった。この辺は寺院が多いのはもちろんだが、近隣には旗本屋敷があり、御小人《おこびと》だの御先手《おさきて》だの、微禄な御家人の囲み屋敷が続いているので、仕えている者も含め、武家の家族の出入りが多い。安心して母も行かれるはずであったが、やはり母は外の湯を嫌い、なにかと理屈をつけては不便な行水を続けていた。

「お嫌でなければ、手前どもの風呂をお使いくださいまし」

ある時、その寺町の中にある法華寺の大黒さんが、母を内風呂に誘ってくれた。この法華寺は、大田家の菩提寺である白山《はくさん》の、本念寺から紹介されたものだ。大黒さんはこの寺の住職の妻女がわりであった。もともとは中国筋にある小藩の、家臣の娘だったが、よんどころない事情があって家を離れて寺方に住まい、今では庫裏《くり》を切り盛りして、檀家への挨拶も如才なくこなしている。

よんどころない事情というのが判明していないが、どうやら藩内の誰やらと忍び合っていたことが露見して、屋敷にいられなくなった、というのが真相らしい。

「お気の毒に、ふしだらな男だったのですよ、相手が」

なぜか母は、逢ったこともない相手を悪い男と決めつけ、大黒さんの肩を持ってこの寺へ、時々もらい湯をしに行くようになった。南畝の二人の姉も嫁に行くまで、寺の風呂の厄介になっている。

昼下がり。古着をほどいて縫い合わせた風呂敷に、桶やら着替えの浴衣やらを包んで胸に抱え、母と姉が揃《そろ》ってもらい湯に行く姿を、南畝は何度か見送った覚えがある。

「あちら様はよほど豊かなお檀家がお揃いと見えましして、湯ぶねは檜《ひのき》でございますし、スノコもいつも新しくて、竹の匂いが漂ってくるようでございますよ」

まるで自分の家の風呂のように得意げに話すのを、父は遮《さえぎ》りもせずにじっと聞いていた。自分だけ湯屋に行くのを、ずっと後ろめたく思っていたのだろう。父に連れて行ってもらうことがある南畝も、子供心にほっと胸をなでおろしたものだった。

それでも母は折に触れて、愚痴をこぼしている。

「もらい湯というのも、気骨の折れるものでございますよ。人様のお宅へずかずか踏み込んでまいりますのですから、先様《さき》で、なんと厚皮《あつかわ》な女であることよ、と思《おぼ》し召《め》しになるのではあるまいか、などと、気を回してしまいましてね。内風呂がございましたら、どれほどらくな毎日が送れることでございましょうか」

そこで南畝は、戯《たわ》れ文を書いていささかの謝礼金を受取るようになると、まず一番初めに、母屋の端に小さな風呂場を建て増した。

風呂場というもの、建てるのは簡単だが、これを日々活かしていくとなると存外、手間暇《てまひま》と気苦労が伴ってくる。広さは格段に違うが、桶やスノコを砂で磨いて洗い場を清浄に保っておく作業は湯屋と同じ。その上で最も重要なことは、湯槽に水を満たすことと焚口《たきぐち》の火加減を見張ること。これができていなければ家に風呂を作っても、なんの役にも立たない。当初母は、この作業を一人でこなしていた。風呂をたてるのも自分なら、入るのも自分である。

「私のために倅《せがれ》が建ててくれました。倅は、母上の風呂と呼んでおります」

親類が時候の挨拶に出向いてきたときなど、自慢げに新築の風呂場を披露していたものだった。しかし、そのうちに、

「いえ、自分風呂など持つものではございませんよ。水仕業《みずしわざ》が増えるだけでございますからね。それに残り湯を捨てますのにも、ご近所へ気兼ねいたします。なにしろ、組屋敷内で風呂場など持っております のは私共くらいでございましょう？　なんとなく白い目で見られます。

まあ、やっかみ、といったようなものと存じますが、でも恨まれるのは嫌でございますからねえ」

訪れる人相手の愚痴に、輪がかかってきた。愚痴といっても半分は自慢であるから、聞かされる側にすれば迷惑な話である。そして、その迷惑は訪問客だけでなく、やがて家族にも降りかかってきた。

「娘がいてくれれば、役に立ったのですけれど、男の子はねえ、役に立ちません」

風呂場が出来たころ二人の姉はもう嫁いでいて、母の手助けをする者がいなかったのである。まさか、女の湯浴みに男手を借りるわけにはいかないと、堅気な母は思っているようだが、実際には、南畝もずいぶんいろいろな用をやらされた。

「直次郎、水、頼みましたよ」

よく水汲《く》みを頼まれたし、

「お風呂、焚きつけておいてくださいよ。今日は父上にもお入りいただくのですから」

当たりまえのように焚口の番人を命じられた。

焚きつけのほうは、少々煙いのを我慢すれば、あとはそれほど面倒ではないが、水汲みは大仕事である。百軒はあろうかという組屋敷内には十ヶ所くらいしか井戸がなく、それをみんなが共同で使っているので、そこから水を運び込まなければならない。大田家では幸せなことに、門を出たすぐの所にそのうちの一つがあったので、不便というほどのことはなかったが、それでも風呂を沸かす水の量は毎日の炊事洗濯で使う量とは比べものにならない。南畝は天秤棒の両端に水桶をぶら下げ、風呂場と井戸を何回も往復して水を運んだ。

——とんだ安寿姫《あんじゆひめ》だ。

領主の娘であった安寿姫が人買いに攫《さら》われて、丹後の国由良《ゆら》の湊の長者、山椒太夫《さんしようだゆう》のもとで汐汲《しおく》み奴婢《ぬひ》にさせられる、あの説話。

〽無残なるかなァ　安寿姫ェ〜

聞き覚えの説教浄瑠璃を口ずさみつつ、風呂場なんぞを拵《こしら》えたばっかりに自分で苦界《くがい》へ落ちこんでしまったと、先に立たない後悔をしてみる。

——人に見られたくない姿だなァ。

安寿姫なら汐汲み桶を担った哀れな様子が美しい絵姿になろうけれ

ど、しがない御家人が木綿布子《ぬのこ》のじんじん端折《ばしより》で水桶担いだところで、絵になるどころか、あまりに様《さま》になり過ぎて、惨めな笑いを誘うのが落ちだろう。

――戯れに、親孝行など思いつくものではないな。

当時二十になったばかりの南畝は、己の甘さ浅はかさを思い知ると同時に、好人物だけが取得の父と、気位ばかり高い母に嫌気がさして、親を選べない子の身の上を、つくづく虚しく感じていた。

三

「旦那様、お風呂お召しくださいまし」

南畝に焚かせた風呂の湯加減を自分の手で確かめて、母は父を促す。

生返事で、なかなか入ろうとしない父も父。せっかく母が勧めているのだ、素直に入ればいいではないか。なぜ父はそれほど内風呂を拒むのか？　理由は簡単、面倒くさいのだ。

湯屋へ行けば、ただ入って出てくるだけで事はすむ。ところが内風呂は、湯が沸くまでにどれほどの人出がかかっているかを、嫌でも見聞きしなければならないし、入る前、出てからも、「内風呂はお気に召しませんか？」とか「お湯加減はいかがでございましたか」とか「内風呂は出た後に家へ戻る手間がございませんから、のんびりなさいましょう？」とか、いろいろ尋問されて、返事を強要される。

「それが敵わぬ」

そっと父が、息子に呟《つぶや》いたことがある。

「ごもっとも」

息子の南畝も、その意見には逆らわなかった。

母は自分の入浴前に湯加減を見、程よい熱さに保てるよう薪を按配《あんばい》しておくのだが、時々、ぬるくて風邪をひきそうだとか、逆に、こんなに熱くては茹《ゆ》であがってしまうとか苦情が出て、南畝が呼びつけられる。その度に、焚口に薪をくべたり、或いは井戸まで走っていってさし水を汲んできたりしなければならないのだ。

「直次郎、直次郎、薪をくべて。早く、お願いしますよ。直次郎、直次郎」

ある日のこと、風呂場から母の声が聞こえてきたとき南畝は厠《かわや》にいた。こちらも、すぐに駆けつけられない緊急の場合で、焦る気持はあ

りながらも焚口前にしゃがんでいるときと、ほぼ同じ格好を保ってい
るしかない有様であった。
「直次郎、直次郎」
なおもけたたましく叫び続ける母の声が突然止まった。諦めたのか
もしれない。とすると、あとで、「体が冷えた」とか「あんなぬるい
湯なら入らないほうが身のためだ」とか、愚痴百万陀羅《だら》を聞かせられ
ることになる。母の入浴中、火加減を見るのも面倒だが、小言や愚痴
の相手にさせられるのは、もっと迷惑である。
――やれやれ。
緊急の場合を脱した南畝が厠を出て、ともかくも焚口に行ってみる
と、そこには父の後姿があった。黙々と薪をくべている。

「すみません……」

南畝がささやくと父は、やはり黙ったまま片手を軽く振って、じっと火加減を見つめ続けていた。父が焚口にしゃがみこんで、やりつけない仕事を真面目に果たしていることについて、母はなにも気付いていない。南畝はこのとき初めて、父を偉いと思った。

父大田正智《まさとも》は先祖から受継いだ幕府御徒《おかち》の家を大切に守り、三十五年間可もなく不可もなく勤め上げてから先ごろ、その職を退いた。その後任に長男の直次郎がつく手続きも、きちんとつけている。七十俵五人扶持《ぶち》を毎年必ず受取るためには、一日たりとも御徒の職を手放すわけにはいかないのである。一家の命の糧の七十俵五人扶持。父も祖父も曾祖父も、ずっとこの扶持のために、暇と茶番の滑稽な勤めをしおおせてきた。昨日と同じ今日を迎えて過ごして、ずっと、百年以上も……。

百年以上も無事に勤め通したからといって、格別の恩恵に与るわけではない。無事が当たりまえ。落度があれば、それが、たとえ取るに足りないような些細《ささい》なことでもお咎《とが》めがある。お咎めは本人の命だけでなく一家《いっけ》一族に及び、家名断絶、所払いということにもなりかねない。扶持取りする者にとって、無事こそが一家の長としての責務であった。父はそれをやり遂げた。無事を守り通した。

隠居した今、その責務から逃れて父はほっとしているのであろう。

妻の入浴の手助けをするのは、その表れだ。

――いい夫婦なのだ、たぶん。

南畝が生まれ育った家は、常に一族の間尺に合った暮らしぶりで、波風の立ちようがない家であった。

――父上のお蔭だ。

焚口の前にしゃがんでいる父の丸めた背中が、なんだかとても愛おしく思えた。

四

それからまもなく、二十三歳になった南畝に縁談が持ち込まれた。相手は御持筒《おもちづつ》与力富原佐兵衛の娘である。南畝は組頭神尾市左衛門の役宅に呼ばれて、この縁組を告げられた。

「御徒頭様よりのお達しである」

組頭は、さらに上役の徒頭京極備前守からの命を受けている。そして若年寄の支配下に置かれている徒頭は、月番の若年寄にその旨を届け出ることになっている。直参《じきさん》は、縁組も幕府の人事の内に組み込まれていた。

相手の家の役職御持筒与力は、御徒と同じく直参の番方で、禄高はやや上ながらやはり将軍への御目見《おめみえ》は適わぬ位置にいる。上役が協議した結果、大田家の間尺に合った縁談であるとの結論が出たのであろう。したがって、この話を聞かされてしまった以上、異を唱えることは決してできない。そんなことをすれば即座に御徒の役職を失って生涯冷飯を食わされるか、悪くすれば御家人株さえ取上げられて、七十俵五人扶持が煙になって消えてしまうことにもなりかねない。

「恐れ入ります。有難く承りましてございます」

南畝は素直に上司の命に従った。

夫となるべき男も妻に定まった女も、お互いに一度も顔を合わせたことがないまま、大田家の一間に親類縁者が集まり、型どおりの祝言を挙げた。

妻の名前は里与《りよ》。このとき十七歳であった。よく見れば中高《なかだか》の整った顔立ちなのだが、色が浅黒く、体つきも頑固なせいか愛嬌に乏しくて、お世辞にも美形とはいえない。

「武家の妻は心映えがなにより大事。人目につくような女では困ります」

幕府の口利きということは、つまり将軍家のご意向ということ。正規の手続きを経て嫁いできた相手なので、母は里与を気に入ろうと努めているようであったが、里与のほうは、母に対してあまり打ち解けた様子は見せなかった。嫁と姑《しゅうとめ》の間に溝があるのは何処《いずこ》も同じと、常々諸先達から聞かされていることであるから、南畝も気にかけることはなかったが、最初の衝突は、里与が夕餉の後片付けをしているとき、かすかな物音に気がついて、

「狸《たぬき》でございましょうか？」

と呟いたのへ、母が笑い声を立てながら、

「いやですね、ここら辺りに狸は出ませんよ。赤坂とは違います。物音はおおかた野良猫でしょう。狸のように肥えたのを見かけることがありますよ」

気軽に答えたのだが、どうやら里与は、自分の育ちが田舎風であると侮辱されたように受止めたようだ。

たいしたことではない、と南畝は見過ごしていた。しかしその後、里与が南畝へ、

「牛込に狸は出ませんか？」

じかに問質《といただ》してきたことで、かなりの深手であると気がついた。

牛込台地は市谷台地と共に神君家康公江戸ご入城当初から、直参の屋敷地として整えられてきたが、谷一つ越えた赤坂、青山、麻布の辺りは田畑が広がり、その周囲にはまだ手のつけられていない野山が残っている。里与が育った御家人の組屋敷は、台地のはずれの野山に近い所にあったのだ。

「狸かァ、見たことはないなあ」

あえて意に介していない様子で南畝は、里与の問いかけに答えたが、以後、母と里与の関係には心を配っている。しかしながら、そうした努力もむなしく、二人の間は日を追って険悪になっていくようであった。

それが目に見えて悪くなっていると感じたのは、風呂場の掃除がきっかけである。里与が嫁いで来て初めのうちは、風呂のたて方、掃除のしようなど、母の手伝いをする程度であったのだが、次第に母は、

「家内の仕置は当主の妻の仕事。里与を芯に据えるが、大田家の安泰には一番と存じます」

わかりやすい大義名分を掲げて、面倒な家事に出来る限り携わらな

いですむ方策を講じ始めた。特に風呂場の管理はことのほか厄介だったらしく、なんとか里与に一切を任せようとする。里与もそれを察して、風呂場との関わりを持つまいと努める。双方の鬩《せめ》ぎ合いがしばらく続いたが、ほどなく里与の懐胎がわかって、この勝負、あえなく母の負けとなった。

翌年長女三輪が生まれて、里与も赤子の行水に風呂場を使っていたのだが、せっかく授かった娘はほどなく、たいした患いもせず死んでしまった。あまりに呆気《あっけ》なかったので家中の誰もが、赤子の死だけでなく、生まれたことさえ夢まぼろしのように思えてしまったくらいだ。里与も呆然《ぼうぜん》としてはいたが、泣き顔を見せることもなく、娘の生死以前の毎日と同じ毎日の暮らしに戻っていた。

——気丈なのか、それとも鈍いのか。

あまりに平常どおりの里与の姿を見て、南畝は己の妻の心のありようを量りかねてはいたが、とりあえず自分も、初めての子を持った喜びと、失った悲しみの衝撃を引きずらぬよう心がけていた。

赤ん坊を亡くした里与は、熱心に風呂掃除をしていた。残り湯は拭き掃除や洗濯に使い、天気が続くときは、土埃を押さえる打ち水にも利用する。両隣の家の前まで撒《ま》いて、礼をいわれていることもあった。屋敷内の畑の野菜も里与が来てから育ちがよくなったようだ。野菜売りの嬶《かか》とも親しくなって、大根の葉が伸び始めた畑にしゃがみこんでは、なにやら話をしている。

「お武家のしなさることとァ、歯がゆいね」

歯に衣《きぬ》着せぬ嬶の物言いにも、里与は腹を立てるどころか、かすかな笑い声さえ上げて相手をしている。母とは必要なこと以外口をきくことがほとんどなく、まして笑い声などたてたこともないのに。

よほど気が合うのかこの嬶は、庭の柿の木の枝を払ったり、実がなると皮を剝《む》いて吊《つる》し柿にする方法を教えてくれたり、時には里与の水汲みの手伝いをしていることもあった。どこで調達してきたのか、天《てん》秤棒《びんぼう》と古びた桶がもう一組あって、それを担いだ里与と嬶が縦に並んで、井戸と風呂場と、往ったり来たりしていることがある。なんだか楽しそうだ。

「あてつけがましい」

その様子を障子の陰から見ていた母が恨めしそうに呟いた。赤ん坊が死んでから、里与は内風呂に入ろうとしないのである。

「三輪が死んだのは、この母のせいでも風呂場のせいでもあるまいに」

　母の愚痴もわからないではない。

「遠慮は無用だ。風呂に入って構わないのだよ」

　精一杯の優しさで南畝は里与の気をひいてみたのだが、南畝の気遣いは、妻にまったく無視された。里与はなぜか頑《かたく》なだった。子どもの背丈が伸びるように里与はどんどん頑なになっていく。これみよがしに掃除はするが、決して自分から風呂を使おうとしないのが、そのいい例である。

「里与さん、ちょうどいい湯加減ですよ。お浴びなさい。さっぱりしますよ」

大切な息子の妻と思えばこそ、噴き出したくなるほどの猫なで声で、湯上りの母が声をかけても、里与は「はあ」と、その場逃れの気のない返事をするだけで、いわれた通りにした例《ためし》がない。この頃の里与は、昔、母や姉がしていたように寺町の法華寺に再び渡りをつけて、もらい湯をしていた。

一方の母も、嫁にそっぽを向かれておとなしく引き下がっているような性質《たち》ではない。たちまち反撃に出た。風呂場の掃除を、里与の手から取戻そうとしたのである。里与が裾を端折って、藁《わら》を束ねた束子《たわし》片手に風呂場へ立ち入ろうとする行く手を母は遮り、

「風呂を使わないひとに掃除させては、実家《おさと》の親御様に申し訳が立ち

ませんから、どうぞご無用に願います」

切り口上で告げたのだ。

さて、そうなると里与も負けてはいない。無言で母を押しのけ、すっくと風呂場に下り立つ。そうはさせじと母も裾をからげ、束子を握ってスノコを磨きだす。狭い風呂場は、いつしか嫁と姑の戦場になった。この有様を否も応もなく見せ付けられる父は一言「わからん」。

この気持、南畝にはよくわかる。だが、ついこの間まで嫁も姑も風呂場の掃除を嫌って、相手に押し付けようとしていたではないか。それなのに、なぜ今、取り合いになっているのか。その件については、南畝の理解の外にある。たぶん、互いの体面のためであろうとの察しはつくが、

――それほどの大事か？　風呂場の掃除が。

ばかばかしくて、見て見ぬ振りをしたいというのが本音である。ところが、ある朝、出勤前の夫の世話で忙しい里与を尻目に母が風呂場の掃除をし始めると、翌朝、里与は暗いうちに起き出して、まず風呂場掃除から一日を始めた。次の日はそれより早く母が起きる。毎日早まる朝の訪れに、ついに南畝が悲鳴をあげた。

「いい加減にしないか、里与。母上もおやめください」

波風の立たない大田家に、めずらしく波風が立った朝であった。

「よろしいですか、掃除は一日替りにして、二日続けたら次の日は休む。今後は、これでお願いいたします」

「三日勤めですね。よろしいか、里与さん。当主の取決めです。従わねばなりませんよ」

母は息子には絶対の信頼を置いている。幼いときから頭がよくて、世間の誉め者だった。そして父の跡を継いで徒士《かちざむらい》になり、きちんとお勤めを果たしている上、なにやら訳がわからぬながら、漢詩とか狂歌とか、戯れ文とやらを書いて名を成し、世間様から先生、先生と呼ばれて敬われている。母にとってはたった一つの自慢の種なのである。

その子が、幕府の番方と同じように風呂掃除も三日勤めにせよといっているのだ。従わなくてどうする。

「はあ」

里与の返事は、やはり、ぼんやりとしたものだった。

そんな騒動の最中でも父は、いつもそうであるように、やはり別世界にいた。以前から父が母と諍《いさか》いをしているのを見たことはないが、隠居してから一層、母との間柄が淡白になったような気がする。二人が並んでお茶を飲んでいる様子などは、まるで冬枯れた立ち木を盆栽にして、それが二つ並んでいるような風情であった。父は先ごろ剃髪《ていはつ》して、自得と名乗っている。すっかり世捨て人だ。

五

幸か不幸か、ほどなくまた里与の懐妊がわかり、月満ちて女の子が生まれた。お幸と名付けられた赤ん坊は毎日、母親に抱かれて体を洗ってもらっている。沐浴の場所は風呂場。里与はなんのわだかまりもなく風呂場を使っているし、母も湯上りの赤ん坊を里与の手から受取って、「べろべろばあー」などとあやしながら、身じまいを手伝ってやっている。絵に描いたように仲のよい嫁と姑だ。しかし、お幸がよちよち歩きするようになると里与はさっさと風呂場の使用を止め、再び四、五日おきにもらい湯する暮らしに戻った。

風呂場掃除の三日勤めはしだいに三日おき、六日おき勤めに様をかえ、それもどんどん減って母の入浴回数が少なくなる。気が練れてきたのか、年をとって入浴が面倒になってきたのか、あるいは内風呂に興味がなくなってきたのか、いずれにしても、もめごとの種が減ったことは、南畝にとっては有難いことであった。

その南畝は相変らず、世間との付合いを口実にして、これも二日おきくらいに、帰宅の途中で湯屋に寄る。

「直次郎、なぜ内風呂にお入りなさらぬ」

母の叱声を左の耳から右の耳へ聞き流す術《すべ》にもだんだん長《た》けてきて、一向に気にならなくなった。なんといっても湯屋のほうが、気兼ねが少ない。湯はたっぷり使えるし、洗い場は広いし、湯銭を少し奮発すれば、三助に背中を流してもらうことも出来る。奉行所の同心もお城の番士も藩士も、職人も芸人も商人も湯屋では、みんな、ただの裸の男である。この気散じを取上げられてはたまらない。

「は、はあ、恐れ入ります」

南畝の答え方が、だんだん里与に似てきた。

しばらくは大田家に平穏な日が続いていたが、好事魔多しの喩《たと》え通り、この平穏も、長く続かなかった。家の中で疥癬《かいせん》が発生したのである。初めは父だった。前年剃髪していた父は身延《みのぶ》参りを思い立ち、十五、六人の講中に加わって甲州身延山へ出かけた。そして帰ってきた翌日、痒《かゆ》みを訴え始めたのである。肘の裏側や太股《ふともも》や胸や、手の指の間までが湿疹に覆われていた。

「まあ、旦那様、疥癬ではございませんか」

母があげた悲鳴のような一言で、疥癬騒動の幕が切って落とされた。

「まあ、どこで、誰から移されていらしたのやら。まあ、いやでございますね。ご信心が仇《あだ》になるなんて、お祖師様も聞こえませぬ」

父の留守はひと月ばかりだった。その間ご本山に参籠して、修行僧の絶え間ない読経が続く堂内で加持祈禱《かじきとう》を受けたり、有難いご法話を拝聴したり、御斎《おとき》にあずかったり、深い山中、お題目を唱えながら由緒あるお寺巡りなどして清々しい日々を過ごしたという。

「ではご道中筋か」

病原を突き止めようとする母の追及の手は止まらない。

江戸から身延山まで行くには、まず東海道を西に向かい、富士川を渡って岩淵に着く。そこから道を北にとり、富士の高嶺《たかね》を右手に見ながら山道を辿《たど》って行くのである。当然のことながら道中は歩き詰め。信心の旅ゆえ苦行は厭《いと》わぬ、という合言葉を掲げている講中だから旅費は乏しく、泊まる旅宿は一部屋に大勢詰め込まれての雑魚寝《ざこね》だし、日によってはその宿屋もとれずに野宿することもあったらしい。疥癬は人肌を経由して伝染することが多い疾患なので、人と人、肩を寄せ合い、膝突き合わせて過ごしたこの信心の旅の間に、どこかで貰い受

けてしまったものに違いない。父はあまり多くを語らなかったが、

「講中のどなたかが、病の本《もと》を隠し持っていらしたに違いございません。そんな不届きな輩《やから》とは、向後《きょうこう》お付合い無用にお願い申します」

母の執念で咎人《とがにん》は講中の誰かと決まり、父は二度と、たとえ信心であっても旅には出してもらえないことになった。

母は、まったく旅に興味を示さない。このときも父は一応、母を誘ったのだが、

「いかに信心のためとはいえ、見知らぬ人たちと道中したり険しい山道を辿るなど、考えたばかりで気分が悪くなります。旦那様のせっかくのご厚情を無にいたしますようで恐れ入りますが、ご同道いたしかねます。どうぞ悪しからず思し召しくださいますように」

きっぱりと拒絶した経緯がある。

幸い父の疥癬は軽くすみ、四日ほどで痒みが遠のいて肌の赤みも消えてきた。だが、父と入れ替るように今度は、南畝自身が耐えられないほどの痒みに襲われたのである。

「まあ、日夜父上のお傍についていた母に移らないで、ろくな看病もしない直次郎が罹《かか》るとは、どうしたことでしょう。そなたの日頃が不摂生だという証《あかし》かもしれませんね」

痒みに耐えかねて掻きむしろうとする南畝の腕を、横合いからむんずと摑《つか》んで母がいう。

「ごもっとも」

腕を摑まれた南畝は、体を震わせて痒みを我慢しながら母の声を聞いた。

湿疹の出た箇所は、太股だの指の間だのといっている場合ではなく、全身である。上も下もない、内側も外側もない。体中である。痒みは口の中や瞼《まぶた》の裏側まで攻め込んできた。特に酷いのが足で、爪先から股まで腫れあがり、交互に襲ってくる痛みと痒みで歩くことさえままならない。

——居ても立ってもいられないとは、このことだ。

激痛と、激痒《げきよう》に耐えるだけで疲労困憊《こんぱい》してしまうので横になりたいのだが、布団に入ると体が温まって一層痒くなってしまい、もちろん眠れない。

食欲もなくなる。好きな酒も飲めない。仲間と小気味よい軽口を叩《たた》き合うことも出来ない。それどころか、時折の出仕さえ留められた。

『畏《おそ》れながら御伺奉り候。神尾市左衛門組御徒、大田直次郎儀、罷病に及び候につき、数日の御暇《おいとま》賜れるやいなや、御伺申し上げ候』

徒頭に病休の願書を出したところ、疾病《しっぺい》が疥癬と判明するや、『全快まで出仕に及ばず』との返事が、組頭を介して届いた。温情のある通達のようにも受取れるが実のところ、周囲への伝染を恐れての処置である。

「父上はご回復が早かったのに、直次郎はよほど重症ですね。前世での業が祟《たた》っているのでしょうか」

母は、前世にまで遡《さかのぼ》って、疾病をもたらした咎人の割り出しをするつもりだ。

「仰せの通りかもしれません」

逆らわずに南畝は答えた。

母には敵わない。どう転んでも、母の、我が身を信じる心の強さ、その強さが滲《にじ》み出ている外見の貫禄と振舞い方には負ける。実際、このときの母の対応は見事だった。

「里与さん、お幸を連れて当分の間、お寺でご厄介になりなさい。直次郎の看病は母がいたします」

幼子への感染を恐れたのである。

「はあ」

里与は、身の回りのものを風呂敷でひと包みにし、お幸の手を引いて、そそくさと家を出て行った。行く先は、日頃もらい湯にゆく寺町の法華寺。なんだかうれしそうだった。

里与がいなくなると母は、息子の看病に余念なく、食事の世話はもちろんのこと、寝巻きを頻繁に取替えたり、天気のいい日は布団を干したり、湿疹の出ている体に薬をぬったり、医者を迎えたりと八面六臂《はちめんろっぴ》の働きをみせた。こちらもなんだか、うれしそうだった。

六

結局、疥癬は安永四年九月から翌年三月まで、半年の長きに亘って南畝を苦しめた。出仕を留められ、人と逢うことも禁じられた南畝は、所在無いまま日記をつけ、漢詩に心情を託す毎日を過ごしていた。

『通宵不寝涙闌干　無奈秋光病裏残　多少昨遊行楽事　一時還作目前

看』

夜通し眠れなくて泣いてばかりいた。この病、どうすることもできない。ああ去年の秋は楽しかったなあ。などなど。

病に臥《ふ》している間、南畝はもう一生誰にも顧みられることなく、人の記憶から拭い去られて自分は消滅してしまうのであろうと、何度となく思った。

借金も嵩《かさ》んでいる。僅かではあるが先祖伝来の借財のほかに、当主の病にかかった薬礼やら、諸方に及ぼした不義理の清算やらで、今後返済にどれほどの歳月を要するか見当もつかない。来年四月には将軍家の日光東照宮御社参が予定されている。やっと巡ってきた徒士の晴舞台である。このお行列の供奉《ぐぶ》に加われなかったら恥の恥。先祖が繋《つな》いできてくれた徒士の職も自分の代で失ってしまうかもしれない。父も母も、吾が子も路頭に迷わすことになるのだろう。

――申しわけない。生きている値打ちも甲斐《かい》もない。

明日にでも組頭の使いが徒頭からの書状を持って訪れて『その方、長々の疾病により御奉公怠りあること不届き至極。よってお役御免、江戸十里四方所払い申し渡すものなり』とかなんとか読み上げるのではないか、という恐怖にも襲われている。

――せめて武士の肩書きを奪われないうちに切腹しようか。

切腹すれば武士の一分《いちぶん》が立ち、養子を定めておけば、家督を没収されるという最悪の処置は避けられるだろう。

——そうだ、明日、父上に先立つ不孝をお詫《わ》びして、後事をお託し申しあげよう。

南畝は毎晩同じ思いを抱きつつまんじりともしないで夜を明かしては、ひねもす同じ屈託に苛《さいな》まれながらまた夜を迎える。

こんなことを半年続けたのち、さしも執拗《しつよう》な疥癬も衰えを見せ、南畝は無事に、従来の世界に生還することが出来た。

半年の闘病で体は痩せ衰え、脚にも力がなくなっていて一足一足の歩みさえ覚束なかったが、すでに御社参に備えての供奉の稽古も始まっている。南畝はお城までの片道一里の道程をのろのろと歩いて足をならし、四月、なんとか将軍家日光東照宮御社参の供奉に間に合わせた。

徳川十代将軍家治《いえはる》公日光御社参については、すでに一年以上前から準備が進められている。八代将軍吉宗公以来、実に四十八年ぶりの御社参であった。発案は先年老中職に就いたばかりの田沼意次《たぬまおきつぐ》。目的は将軍家の威勢というより、田沼自身の権勢を天下万民に示すためである。当然その行列は贅を極め、供奉を命じられた大名家は多額の出費を強いられることになる。表向きにはどの藩も異を唱えることはないが、裏では将軍家を牽制《けんせい》する声も多々あったようだ。

しかし、徒士たちは大歓迎であった。やっと御徒本来の勤めが出来るのだ。無紋の黒羽織を着用し、将軍の乗輿《じょうよ》近くに隊列を組んで道中ずっと付き従って行くのである。この日があるからこそ、日頃の退屈な勤めを続けてきたのだ。

「仕合わせたなあ、直次郎は」

父は、息子の晴舞台を羨《うらや》ましがった。父の在任中は、将軍家の日光御社参が一度も行われなかったのである。将軍家の行列の供奉は、徒士が数十年間待ち焦がれていた悲願であった。

——間に合わなかったらどうしよう。

疾病の間、南畝はそれがなにより心配だった。供奉に加われなかったら徒士としての面目が立たない。本当に切腹しなければならないところだった。

行列は総勢十万人以上。先奏者を勤めるいくつかの隊は、時刻を一ときずつずらしながら前日十二日の夜半に出発している。しかし南畝は十三日、将軍家と同じ刻限に江戸城大手門を出るのだ。将軍家が召す輿《こし》の両脇にそれぞれ四列縦隊になった徒士がひっ添うて歩む。一列十六名。南畝はその丁度真ん中辺にいた。将軍家乗輿から一直線の栄光の位置である。

行列は岩槻、古河《こが》、宇都宮を経て十六日、日光に到着する。十七日は将軍家をはじめ、供奉する一同威儀を正して東照宮を参拝し、その後もいろいろの祭事があって十八日下山。御成街道を往きと逆にとって二十一日めでたくご帰城とあいなり、南畝の晴舞台も幕が降りた。

――これで首が繋がった。

徒士の地位、七十俵五人扶持は確保できた。

それにしても薄氷を踏む心地の九日間であった。泊まり泊まりの各地では城主の出迎えを受けるし、日光に到着すれば客殿があり、将軍家は数多《あまた》の近習を引き連れて、設けの一間に御宿泊遊ばす。供奉する者も、主だった者はそれぞれ身分に見合った一夜の宿りが用意されているが、下役共は宿泊所が決まっているとはいうものの極めて雑な扱いで、各役目の各組ごとに分散して、近在の百姓家の一室を借り受けることになっていた。一室といっても部屋とは限らず、納屋のこともあり、庫裏に続く土間をあてがわれることもある。それにもあぶれた者にあてがわれるのは急拵えの掘っ立て小屋だ。とにかく雨露さえ凌《しの》げればいいといったお座なりな配置で、下っ端の侍は一日中歩き詰めで疲れた体を横にすることもできず、膝を抱えて一夜を明かすのである。

幸い南畝があてがわれた場所はどこも、すべて板敷きの床のある所で、特に二泊目の古河では城内の、北のはずれにある兵庫であった。本来は武器が保管してあるはずの蔵だが、泰平の世が続くお蔭でからっぽになっている。城主にしてみれば、武器など備えておりませんと、将軍家への逆心がないことを証明できる絶好の機会であり、一夜の宿りをする身になれば、微禄ながら、まさかの時に将軍家をお守りする無紋の黒羽織の威力ゆえの厚遇と解釈することもできる。徒士であることに改めて誇りを持ち、日頃は忘れている将軍家への忠誠心を呼び覚ます便《よすが》になるわけだ。

——さすがに幕府の中枢にいる方々の頭は出来が違う。みごとな采配だ。

南畝は、ずっとずっと上の、いくら見上げても目が届かないほど高みにいる幕閣たちの、見たこともない顔を思い描いて感服していた。湿気の多い土間だの、人いきれでむせ返るような狭い場所で、大勢が体を寄せ合って一晩明かすようなことになった場合、また疥癬をぶり返すことにならないかと、それが今回、栄光の供奉を勤めるにあたって、最大の心配事だったのである。

——神君家康公、東照大権現様のご加護かもしれぬ。

昨年来、生きた空もないような日々を送ってきたが、寺町に居候していた妻も娘も戻ってきて、南畝はやっと従来の暮らしを取戻すことができた。お幸はずいぶん大きくなっていたが、南畝の顔を見るとたちまち、べそをかいた。父親を忘れてしまったらしい。

狂歌仲間との付合いも復活した。それから四年後、長男定吉が誕生する。その定吉も七歳になった。近頃、定吉も湯屋に行く。連れて行くのは父親ではなくて祖父の役目になっている。

「なんですねえ、直次郎、父上に孫の世話をお願いしたままで。たまには定吉と遊んでおやりなさい」

相変らず母は小言が多い。

「里与さん、くずれた豆腐は炒《い》っておきなさいと、私、お願いしておいたはずですが」

「はあ……」

「まあ、里与さん、あなた、これは豆腐の煮付けですよ」

「はあ……まあ……」

里与も相変らずである。

そんな一家を背負った南畝が、若い女に現《うつつ》を抜かし、その女の身の上まで背負いこもうというのだ。少々のことでは動じない狂歌連の面面も、驚きはしないが、それなりの覚悟をもってこの話に接していた。

「もう一煎、いかがでございますか？」

湯屋の亭主のもとの木網が、煎茶の初花を飲み干した南畝に声をかける。

「ありがとうございます。ぜひ、願います」

京橋の湯屋、大野屋の二階に揃ったこの日の顔ぶれは、平秩東作《へずつとうさく》、山東京伝、加保茶元成《かぼちゃのもとなり》に、狂歌三大家の一人といわれる、御先手与力の朱楽菅江《あけらかんこう》、本名、山崎郷助である。年齢は南畝と十歳ほどしか違わないのだが、老けて見えるせいか、仲間内で長老扱いされている。

『いつ見ても　さてお若いと口々に　ほめそやさるゝ　年ぞくやしき』

などと詠じてはいるが、さのみ口惜しがってはいないようだ。むしろ長老扱いされるのを喜んでいるように見える。それも一つの照れ隠しかもしれないが。

「いかが様？　ちょうど頃合いでございましょう？」

階段の途中から顔をのぞかせたのは、湯屋の女房すめ女。もとの木網の妻で、智恵内子《ちえのないし》という狂名を持っている。離れに酒席の用意が出来たので、そちらに移るよう告げに来たのである。

湯屋の二階では決して酒は出さない。たとえ休日であっても、その取決めは崩さない。湯屋の亭主の矜持であり、日頃の常連客に示す礼儀でもある。

「ご造作《ぞうさ》に与りましょうか」

朱楽菅江が先陣を切って階段を下りる。

どんよりしていた空に少しばかり雲の隙間ができ、異様に赤い西日がのぞいている。天明六年八月。妙に蒸し暑い秋である。

第二段　その二　山姫の針仕事

我恋は　天水桶の水なれや
屋根よりたかき　うき名にぞたつ

一

「智恵のないのが取得でござんす」

すめ女の狂名、智恵内子は、本人のこの一言に由来している。

『山姫も　冬は氷のはりしごと　滝津せぬひや　とづる布引』

滝も凍りつく真冬の山中の様子を、山姫神の針仕事に見立てて詠《よ》んだ一首に、南畝が、

「天晴《あっぱ》れ、大きな世界をお詠みなさった」

おおいに誉めたのを、同席していた京伝が、

「見事な景色ではございますが、自然をそのまま詠じたばかりで、どうも一ひねり、智恵が足りないように思えます」

いつもの通りずけずけと評したのへ、歯に衣着せないことでは負けていない智恵内子が、さらりといってのけたのが、件《くだん》の一言である。

南畝は、その機転と気風《きっぷ》に興を感じて、

「出来ました、お内儀《ないぎ》。智恵内子が宮中参内《さんだい》の図といったところ。いよいよ歌詠み、お励みください」

懐紙を取出して、つけたばかりの名前を書き、すめ女に手渡した。

「宿場育ちの群雀《むらすずめ》、千代ちよ八千代も片言ばかり、俗な歌なら知ってもいようが、大和心《やまとごころ》の敷島の道、内裏《だいり》に繋がるお名をいただき、忝《かたじけな》いやら有難いやら、ただただ、おうれしゅう存じまする」

浄瑠璃の文句やら、芝居のセリフやらをない交ぜにして言葉を繋ぎ、即座に、これだけの礼を述べた内儀の智恵に、居合わせた面々、心の底から感嘆して喝采を送ったものだった。

その知恵者《ちえしゃ》の肝煎《きもい》りで、離れ座敷に移った平秩東作、山東京伝、加保茶元成、朱楽菅江それに、この家《や》の主《あるじ》もとの木網と内儀。ここに遅れてやってきた手柄岡持《てがらのおかもち》も加わって、酒盛りはたちまち佳境に入る。

手柄岡持は本名平沢常富《つねまさ》。秋田藩佐竹家の江戸屋敷留守居役筆頭で、百二十石取りのれっきとした武士であるが、朋誠堂喜三二《ほうせいどうきさんじ》という別名で売れ筋の黄表紙を書くという、離れ業もやってのける人物である。

「国許を知らずに万年江戸常勤だから、のんべんだらりとしているようにに見えるのでございましょう。参勤交代のたびに入れ替る国侍からは、穏やかなお勤めで結構でござるな、などと嫌味をいわれておりますよ」


本人の口から出る言葉は愚痴めいてはいるが、実は暇な勤めなればこそ、余技を活かした荒稼ぎができる、というのが本音である。年齢は朱楽菅江より少し年上。しかし気持はいつまでも若く、二十年ほど前の元号を冠にした「宝暦の色男」を今も自称して憚《はばか》らない。

「先生の身の上の大事とこそは、なったりけれ、と承り、スワ鎌倉なりと馳せ参じました次第。遅なわりしは拙者重々の不調法。許させられい、許させられい」

芝居のセリフを器用にはめこんで、南畝の、三保崎《みほざき》身請けの一件に加担する存念を一度披露しつつ、するりとその場に溶け込んだ。ずいぶん不謹慎な藩士に見えるが、それでも格別のお咎《とが》めもなく、いまだに江戸屋敷留守居役筆頭の座についているのだから、やはり勤めは勤めで、きちんと果たしているのだろう。

「で、その天人は、どこにどうしておいでなさいますえ？」

三保崎を、新鳥越にある大文字屋の寮にしばし預かる件につき、さっきから話が出たり引っ込んだりしていたのだが、はからずも岡持の一言で、件の話が収まるところへ収まる格好になった。

「朋誠堂大人《たいじん》、まず設けのお席へ」

体をずらしながら座布団を置き、後から来た岡持の席を設けているのは、黄表紙の世界では後輩にあたる山東京伝である。

「これは、これは、お手数でござる」

岡持は、前に出した右手を会釈代りに二、三度ひょぃひょぃと振りながら設けの席についた。若い京伝と並ぶと、さすがに宝暦の色男もかなり皺《しわ》が目立つ。

「まだ手入れしておりませんので家は荒れておりますが、寮番夫婦は心利いた者。お気兼ねなくお過ごしいただけると存じます。どうぞ身一つでお出でくださいますよう、先様にお伝え願います」

加保茶元成、実は吉原、大文字屋の亭主、市兵衛が話の核心に触れる。

「忝い。恩に着ます」

南畝は悪びれずに頭を下げた。

加保茶元成は根が真面目な人物で、細かいところにまで実によく気が行き届く。それは作る狂歌にも表れていた。

『百ももも　股もまたもも　桃ももも　百股桃で文字もこもごも』

極端に背が低く、頭の形がでこぼこなところから、人は彼を、かぼちゃと呼んだ。それをそのまま狂名にしている。その風貌のために、幼い頃からずいぶん辛い思いをしているだろうに、受けた辛苦を慈悲で還《かえ》しているようなところも仄《ほの》見え、女を商う遊女屋を生業《なりわい》としていながら、『大文字屋のかぼちゃとせ、せいは低いがよい男』と、流行《はや》り歌になるほどの大人物であった。

「こうして三十一文字を詠みますのが、なによりの気散じでございます。みな南畝先生のお導きのお蔭。いくらお返ししても、お返しし尽くせぬほどのご恩があります」

口先の追従《ついしょう》ではない。彼の礼心《れいごころ》が本心から出ていることは誰の目にも明らかだ。いささか気難しい岡持でさえ、加保茶元成には一目置いていた。

「今宵の酒は、また格別の味でござるな」

岡持の酒は見た目にはさほど目立たないが、ひとたび盃を手にしたが最後、その盃が手から離れることはほとんどなく、夜通し飲み明かしても酔いつぶれたことがないという。隣席の京伝が酌をするのは初めの二、三杯だけ。あとは手酌にまかせてしまうのが、いつものやり方になっている。

一同が酒盛りを始めたところで、加保茶元成が目立たぬように部屋の隅に体を寄せ、走り書きした手紙を智恵内子に渡す。彼女は肯《うなず》いて使用人を呼び、その文を託した。大文字屋の寮に三保崎を迎える手はずが、早速整えられているのである。やることすべてが手早くて、しかも密やかだ。南畝はなにも気がつかない振りをしながら、その気配を体全部で感じていた。

二

離れ座敷は、湯屋本来の館《やかた》と中庭を隔てた場所に建っている。半年に一度は植木屋が入るという庭は、広くはないが背の低い木々が茂る茶庭仕立てになっていて、湯屋の裏口の木戸を出て飛び石伝いに露地を行くと、辺りは、まるで別世界のような静けさに包まれた。

実際に、南畝たちが集まる八畳間に続いて二畳台目の茶室もあり、もとの木綱の嗜《たしな》みの深さが窺《うかが》われるが、それにしても町人が、これだけの構えの家屋敷を所有するには、よほどの財力が必要であろう。すでに本卦還《ほんけがえ》りを迎えている木綱は、三十そこそこで湯屋株を手に入れ、一代でこの身代を築いたというが、その以前はなにをしていたのか、いまひとつ詳《つまび》らかでない。わかっているのは、武蔵の国嵐山《らんざん》が父祖の地ということくらい。

「親から受継いだ田地《でんち》田畑《でんぱた》が少々ございましてね。それを売り払って元手にいたしまして、湯屋商売を始めました。まあ、土地柄にも恵まれたのでございましょう。いいお客様がおつきくださいまして」

湯銭だけでなく、男湯の二階で出す茶菓の上がり、女湯の客に売る糠《ぬか》袋や、肌の出来物を防ぐ桃の葉やどくだみの類、黄楊《つげ》の櫛《くし》、笄《こうがい》など、小間物の売り上げも相当な実入りになるという。なにか特段の商才に恵まれている人物なのだろうが、彼の前身が実は『くさ』であり、商才の基がその辺に由来するのではないか、という声もぼんやりと聞こえてきて、なぜか納得させられる一面、なきにしもあらず、といったところ。

『くさ』つまり忍び、間者、隠密。世の中が戦いで明け暮れしていた頃は隠密の跋扈《ばっこ》など当たりまえのことであったが、泰平が続く今の世でも、より確実に時代を生き抜いていくために、どこの藩でも必死になって世情の裏表を探り、自らの政《まつりごと》の備えにしようと努めていた。そして、その任を託された者は、誰にも気付かれないように庶人の中に分け入り、静かに穏やかに周囲の色に染まりつつ諸般の事情を見聞しては、実情を抱え主に伝えるのである。普段は商いに精を出していたり、腕のいい指物師《さしものし》になっていたり武家奉公したり寺社の下働きをしていたり、身のやつし方は千差万別で、誰がそれか、よほどの達人でない限りまず見分けがつかないといわれている。

痩せても枯れても南畝も直参。そのくらいの裏側は知っている。知ってはいるが話だけで、実際にその現場を見たことがないし、「それがしは忍びでござる」と面と向かって名乗られたこともないから、やっぱり本当のことはわからない。『くさ』を雇う抱え主が、幕府なのか他藩なのか、あるいは江戸開府以前から任務を負っているのか、ここ数年に限ったことなのか。それも不明である。

——正体など、どうでもいい。

南畝はそう思っている。狂歌を楽しむ者たちの取得はそこにある。国持ち大名も裏店《うらだな》住まいの職人も、芸人、遊女、船頭、駕籠《かご》かき、なんでもござれ。身分も生業も年の差も、男か女かも厭《いと》わない。正体不明結構ではないか。みんな妖怪のようなもの。それでいいではないか。

——妖怪の顔見世《かおみせ》とござァい。

そう考えるだけで、南畝は生きているのが楽しくなる。つくづく戯《たわ》れ歌、戯れ文に親しんでいてよかったと思う。なにしろ日常の勤めを果たしつつ、妖怪たちとも肝胆相照《かんたんあいて》らす仲でいられるのだ。なんと恵まれた身の上であることか。

「悪さをいたしましてね。お口汚しでございますが、召上ってくださいまし」

智恵内子が酒のつまみにと、手作りの鉄火味噌を運んできた。この女性《にょしょう》は風貌からして、妖怪の女頭領と呼ぶにふさわしい。まず背丈が並外れて高い。若い山東京伝も御先手《おさきて》与力の朱楽菅江も追いつかない高さで、夫のもとの木網などは、女房の肩に届くか届かないかという程度の背丈である。

「半鐘泥棒と、いわれ続けて生きてまいりましたから馴れっこになっておりますが、あっちゃァまだ、半鐘を盗んだことはありませんのさ」

見世物に売られそうになったこともあるとは本人の弁だが、瓜実顔《うりざねがお》に目鼻立ちの整った顔立ちは充分絵姿になりそうな美形であるうえ、やることなすこと、すべてにメリハリが利いていて、周囲の者を自然に納得させてしまう強さがある。だからといって押し付けがましいわけではなく、諸事行き届きながら、てっぺんの一歩手前で踏みとどまるあたり、抜群の才覚の持ち主といわねばなるまい。南畝があえて智恵内子という狂名をつけたのも、その辺を見極めたがゆえである。

その人柄を知ればこそ誰もが「内子の君」と呼んで彼女を信頼しているのだし、中でも山東京伝などは、特に「あねさん」と敬い、畏怖《いふ》の念を持って接しているくらいだ。

しかし智恵内子の昔の生業は、京伝が女房にしたくない女の筆頭にあげる芸者である。その矛盾に、恐らく本人も気付いているに違いないし、周囲の連中も当然わかっていることなのだが、誰もそれを口に出して、つつくようなまねは決してしない。万が一、誰かが「伝さん、お前さんの信念とはすれ違っているが、構わないのですかい？」と嫌味をいったとしても、京伝は、たぶん、こう答えるだろう。

「構やしません。あねさんは妖怪でございますから」

三

智恵内子、本名すめ。生まれは江戸の北のはずれの板橋宿。生家は宿場の宿屋で、それなりに繁盛していたのだが、すめが十三のとき、家を火事で失った。出火元だったため父は牢送りになり、やがて牢死。宿屋を建て直すことも出来ないまま、すめは十五で吉原大文字屋の振袖新造になった。大文字屋は加保茶元成が経営する見世である。

母や弟とはそれきり逢っていない。それでも、その年になるまで親の庇護の下で暮らしたお蔭には、踊りや琴の稽古事にも通わせてもらい、ことに三味線が好きだったことが役に立って、振袖新造から芸者に立場を替えることが出来た。振袖新造は、その見世で花魁《おいらん》と呼ばれる稼ぎ手の遊女に預けられ、その遊女の庇護の下で廓《くるわ》での仕来《しきた》りやら、客あしらいやらを会得して、しかるのち一人前の遊女として客の前に出るのだが、芸者は見世がじかに抱えて酒席に出し、遊女を待つ間《ま》の客をもてなす。従って芸者は、遊女のように夜毎に替わる枕の数を表看板にしないですむわけである。

「親方さんのお情けでござんす」

大文字屋先代主人の配慮があったと本人はいうが、現在の親方である加保茶は、

「なに、客がつかなかっただけでございますよ。なにしろこの上背でございますから、皆さま怖気《おぞけ》をふるっておしまいになります。それでは手前どもも商売になりませんので、役替えをいたしましたまでのこと」

こちらはこちらでまた謙虚。こうして、とにかく板橋の宿屋の娘は見世物にもならず、体の切り売りもしないですみ、好きな三味線で身を立てる芸者になることができた。

「芸が身を助ける不幸せ、といいますが、なんの不幸せでござんしょう。三味線ひとつで座持ちをし、花魁衆を引き立てて、幇間衆《たいこもち》を踊らせて、わいわい騒いでその日が終わる。結構な身分でござんすわいな」

吉原へ脚を運ぶ客は当然ながら目当ては遊女である。その目当てにいきなり辿《たど》り着いては風情も情緒もないというわけで、間にいろいろな儀式をはさみ、吉原で遊女を相手に時を過ごすことに値打ちをつける。そのひとつが芸者、幇間をあげての座敷遊びで、遊女との逢瀬《おうせ》をより堪能させるべく、客の気持を華やかに盛り上げるのが芸者たちの役割になっている。従って、芸者は遊女より目立ってはいけない。拵えは、男が着てもよさそうなほど地味な着物に、髪は飾りを一切つけ

ない奴島田《やっこしまだ》。ぱっと座を盛り上げてぱっと退《ひ》く。この職分がよほどすめの気質に合っていたものか、

「花魁方にもお客様にも、たいそう評判のいい芸者衆でございましてね。お名指しが多うございました」

とは、当時を振り返った加保茶の話である。

もとの木綱に出会ったのは、すめが吉原芸者になって八年後。何回か座敷に呼ばれるうち花魁抜きで逢うことになり、親方の許しを得て、引手茶屋でもなく、遊女屋でもない、面倒な手続きなしに男女が落ち合える場所、裏茶屋で逢瀬を重ねるようになった。木綱は女房を亡くして五年も経っている。

「湯屋の嬶《かか》になる気はないか」

或る日突然、木綱が誘った。

「よござんす」

吉原に来て十年ちょっと。年季も明けていたので話は簡単に済み、親方からもおおいに祝福されて、すめは二十六歳のとき湯屋の嬶になった。

木綱との年の差は二十一。有難いことに、この家には親きょうだい、親類縁者の出入りがなく、口うるさい小言や面倒な当てこすりなどを耳に入れずにすんでいる。その代り、稼業の湯屋と夫婦が暮らす内証とに男女大勢の奉公人を抱えている。これをまとめ、上手に働いてもらうには相当な才覚を必要とするのだが、これまでのところ、格別の支障もなく運んできて、早くも十六年の歳月がたった。

「亭主は左団扇で高楊枝と洒落《しやれ》ております」

木綱は安心してすべてを女房に任せているようだが、元はといえば、やはり亭主の木綱に、人を見る目があったということだろう。

「あっちゃァ、江戸の生まれと申しましても北のはずれの板橋でござんすから、人間が至ってがさつに出来上がっております。お武家様やら大店《おおだな》の旦那衆、ご新造様、奥方様と肩を並べ膝を交え、あらあらかしこで、ご挨拶できる代物じゃァございません。無礼がございましても大目に見ておくんなさいまし。蕎麦《そば》じゃァござんせんから、お手討ちは願い下げでござんすよ」

あっけらかんが名前の由来になっている朱楽菅江も、裸足で逃げ出しそうなほどあっけらかんといってのける女房を、木綱は面白そうに眺めている。小柄で丸顔でとりとめのない面相なのだが、ときどき眼光が鋭くなる。そんなことから『くさ』ではないか、などという陰口もきかれるのだが、南畝にしても木網のことを思うとき、

――ただの湯屋ではあるまい。

ふと、そんな考えが頭をよぎる。木網が詠んだ狂歌のうちの一首に、どうしても思いを馳せてしまうからであろう。

『あせ水を　流して習ふ剣術の　やくにもたゝぬ御代《みよ》ぞ　めでたき』

戦国の世を脱して百八十年。平穏の続く結構な世の中は武力より才覚がものをいい、武士は無用の長物となった。実際に天下を支えているのは商人だ。それでも武士は、ただ武士というだけで士農工商の頂点に君臨していて、幕府が定めた武士中心の掟《おきて》に守られ、様々な恩恵

を蒙《こうむ》ることができる。そんな世の中を木綱は皮肉って見せた。

一つ間違えば幕府に睨《にら》まれかねない一首を、ニコニコしながら詠む

あたり、豪胆な女房を選んだ木綱の、懐の深さがしのばれて、南畝は、

自分も皮肉られている武士の一人であることを忘れて、うれしくなっ

てしまうのだ。

――ここも、いい夫婦だな。

南畝の目に、父と母の日常が浮かんでくる。

翻《ひるがえ》って己《おれ》はどうだ？　里与という妻がありながら足しげく遊里に通

い、あまつさえ遊女を一人身請けして、別宅に囲おうというのだ。義

理張り、憐憫《れんびん》、人助け、いろいろ言い逃れの理屈をつけてみたところ

で、決して誉められた話ではない。妻の実家の側から見れば、「人倫

にもとる」と喝破したいところであろう。少なくとも、いい夫婦でないことだけは確かである。それも妻に落度があるわけではなく、批難されるべきは南畝一人。

――ああ、実に情けない男だ、わたしは。

人中《ひとなか》で頭を抱えそうになったとき、渋い声音《こわね》が耳元に届いた。

四

「先生、お待ちかねの鉄火味噌がまいりましたよ」

朱楽菅江が熱燗《あつかん》の徳利と一緒に、鉄火味噌を取分けた小皿を南畝の前に置いてくれる。

「これはまあ、はなはだ恐縮いたします」

智恵内子手造りの鉄火味噌は、この家の名物である。南畝は早速手にした箸で、小鉢の味噌の君をお出迎えする。京伝も向い側の席で負けずに声を上げた。

「お待ち申しておりました。やつがれの大好物」

赤味噌に炒り大豆、細かく刻んだ牛蒡《ごぼう》、するめを加えてごま油で練りつつ炒りあげる鉄火味噌は、山東京伝ならずともうれしい酒の肴《さかな》である。特に智恵内子の手になる一品《ひとしな》は、練り加減がいいのか具の細かさがものをいっているのか、まことに結構な塩梅《あんばい》であった。但し、入れ歯の御仁には不向き。その辺の事情をあえて無視しているところが、また作り手の豪胆なところで、中には長老格の朱楽菅江のように、歯が二、三本抜けたままになっているにもかかわらず、

「なに、舐《な》めているうちに、いつのまにか溶けてなくなります。それが当家の鉄火味噌のみそでして。いやはや、結構なお味でございます」

あっけらかんと言ってのけ、大豆も除けずに箸の先にちょい、と味噌をつけては口をつぼめて味わっている。

自分の手料理を「悪さ」と謙遜《けんそん》しているが、内子の腕は、一家言ある狂歌仲間の舌に間違いなく歓迎されていた。

それにしてもこの家の内儀はよく働く。家内の切り盛りから奉公人たちへの気配り、湯屋商売にも関わるし、狂歌も詠んで文人墨客《ぼっかく》との付合いもこなす。かてて加えて、酒の肴を作るのがうまい上、座敷でみんなと一緒に酒酌み交わし、軽口叩《たた》いていたかと思うと、いつのまにか台所に立って行って、女中を指図しながら幾品か肴を拵え、また、さりげなく座敷に戻って話の輪に加わるといった具合である。たぶん今日も、このあと鮒《ふな》の雀《すずめ》焼きか、鶉《うずら》の焼き物かが出てくるのだろう。それから冬瓜《とうがん》の煮物、揚げ糝薯《しんじょ》か雁擬《がんもどき》なども。ありあわせといいながら、それなりに吟味された品々が供されて、最後にはきっと、程よい漬け加減の香の物を添えた飯碗《めしわん》が出てくるに違いない。

「奇妙、奇妙！」

南畝が思わず声を上げる。

五感に行き渡る味わいである。我が家では絶対に無理。口に果報を与えられた幸せを感じると同時に、恐らくこの手の洒落た美味という果報を知らないまま生涯を終えるのであろう母や妻に、いささか罪の意識を抱く瞬間でもある。

歯が浮くような追従は誰もいわないが、出された料理が一滴の汁気《しるけ》、細かく刻んだ野菜の粒一つも残さずに平らげられているのを見れば、いかに全員が満足しているかがわかる。

「木綱大人《うし》に過ぎたるものは、露地と料理と智恵ある内儀」

山東京伝が節をつけて称えるのへ、手拍子で合わせて同意を示すのは手柄岡持。そしてそんな光景を面白そうに眺めているのは、引き合いに出された当の木綱。腹に一物ある人間は一人もなく、誰も彼もが分を心得た無礼講に徹したあと、最後は、京伝勘定で締めくくるのが、この集まりのいつものやり方になっている。

京伝勘定とは、山東京伝が言い出した割り前勘定のことで、その日かかった費用を大雑把に計算して、誰彼の区別なく、そこに居合わせた者全員が頭割りにして支払うというもの。安いときは二朱、高くても一分というのが大体の相場で、金子《きんす》は、紫の袱紗《ふくさ》を敷いた笊《ざる》を廻して集められ、この日は、当家の内儀に渡された。

「はい、ご金当様《きんとう》」

渡された金子を、内儀が軽く押し頂く。南畝の恋の行方を巡って自然に集まった狂歌連中は、加保茶元成に一応の処遇を任せて、また自然に散会していった。

時刻は五つ（午後八時ごろ）少し前。子どものいる家ではそろそろ寝仕度にかかる刻限だが、この連中にすればまだ宵《よい》の口である。まっすぐに帰宅するもあり、いずれかへ寄り道するもありで、行く先はそれぞれだが、南畝は、駕籠を頼んで三保崎の仮住まいを目ざすことにした。

「この天気、明日までは持つまいと存じます。雨になりますと厄介でございますし、ご病人のお体にも障りましょう。早いがよろしいと存じます」

加保茶が親切にいってくれた一言に、甘えるつもりだ。なにしろ、ここ二ヶ月、ほとんど毎日雨なのだ。江戸中どこもかしこも水浸し。下町はもちろんのこと、南畝が住む山の手でも川が溢《あふ》れたり、家の床下にまで水が届いたり、という騒ぎになっていた。

雨の降らないうちにといったら、やはり今夜しかないだろう。

「お供をつけましょう。新鳥越までご案内いたさせます」

大文字屋の配慮は、まことに行き届いていた。

駕籠は湯屋出入りの、気心の知れた駕籠屋に二丁頼んだ。なにしろ淋しい夜道である。町の辻々で客持ちをしているような駕籠は時として、駕籠かきが突然、物奪《ものと》りに早替りすることもあるので剣呑《けんのん》至極。用心に越したことはない。しかも帰りは病持ちの女連れである。新鳥越の大文字屋の寮「逍遥楼《しょうようろう》」に三保崎を無事に送り込むまでは、南畝の気持が落着かない。

――今夜は帰れないな。うむ、無理だ、無理だ。

江戸の北のはずれの隠れ家に着いて、すぐに三保崎を駕籠に乗せ、新鳥越まで運んだとしても夜は深更に及んでいるだろう。少しでも手間取れば、秋の夜がいかに長いといっても東の空は白んでくるに違いない。そこから歩いて帰るとなると、牛込の中御徒町の自宅につく頃は完全に朝だ。

両親はもう起きているであろうから、門口に入ったらすぐに朝帰りの言い訳をしなければならない。里与の顔色も窺う必要に迫られようし、そうなると、おそらく満足に顔を洗うこともできず、朝餉《あさげ》もとりにくくなるであろう。里与が夫の空腹に気がついてくれるかどうか、それはおおいに疑わしい。まあ、一食くらい抜いたところで命に関わることもあるまいけれど、気がかりは、やはり三保崎のことである。

——いきなり家移りさせられて、放り出されたのでは心細かろう。

経緯をよく話してやった上で、今後の身の振り方についても考えてやらなければならないし、逍遥楼で世話してくれる寮番夫婦にも、きちんと挨拶しておいてやらなければ、あとあとまでも肩身が狭いだろう。

三保崎が安心して養生できるように、三保崎が心のどかに暮らしていられるように。そのための根回しをしておいてやるのが、南畝の務めである。

――ああ無理だ。家に帰るのは明日だ。

南畝は覚悟を決めた。今夜は自宅に帰らない。

五

これまでも遊廓やら仲間内の集いやらで夜を徹し、家を空けたことは何度もある。遊女と後朝《きぬぎぬ》の別れを惜しんだあと、何食わぬ顔で組頭の呼び出しに応じ、御城内、中の口の徒組頭《かちぐみがしら》詰所に出仕したこともある。音信不通のまま三、四日が経ち、久しぶりに家に戻ったら、家族は何事もなかったというような様子で暮らしていて、不思議な気がしたこともある。妻の里与は、やや上目遣いで家族の反応をうかがいながら門口を入る夫の姿を目に留めると、

「お帰りなさいませ」

とりあえず紋切り型の言葉で出迎える。

腰に差していた大小を妻に渡し、母親の傍らに寄り添って不安げな眼差しを向けている吾が子の定吉の頭をさっと撫《な》でてから両親がいる居間に通って、

「只今戻りました」

気まずい思いを隠しきれぬまま挨拶する。

「お役目ご苦労様でした」

母がかけてくれる労《ねぎら》いの言葉も、徒士《かちざむらい》としての勤めを終えてまっすぐに帰宅したときと同じだし、ただ「ふむ」と肯くだけの父の仕草も、いつもと少しも変っていない。

南畝の行動はすべて、狂歌を作ることも、仲間との寄合いも、花見やホトトギスの声を聞くために遠出することも、遊廓で夜を明かすことも、なにもかも、お役目に繋がっている行事だと信じ込んでいてくれるようだ。もしかしたら、信じ込もうとしているだけなのかもしれないが、いずれにしても、今日は、昨日、一昨日と同じ日であり、大田家の日常であることに変りはないのである。

――敵わぬ。

この気まずさを味わうたびに、もう決して無断で家を空けまい、朝帰りはすまい、と決意する。そんな決意を、これまで幾たびしたことか。

しかし、我が身を省みて守った記憶がない。決意は嘘《うそ》ではないのだが守れない。我ながら不甲斐《ふがい》ないと思うが、仕方がない。

たった一晩家を空けただけでも、帰宅すると自分の居場所が狭くなっているような気がするものだ。子どもが生まれてからは特に、なごやかに団欒《だんらん》している家族の中に、自分一人よそ者のようで、当主でありながら居候気分になる。時には、そのあまりの居心地の悪さに居候どころか、蔑むべき夷狄《いてき》と見なされ、疎外されているのではないかという気にさえなってしまうのである。

——身から出た錆《さび》という奴《やつ》か。

そのうちに、当主が家にいない事が普通になり、不在について家族の誰も不審を抱かなくなってしまうかもしれない。その原因が、いつも通りの遊びならば本人も納得するが、もしかして、命に関わる一大事に襲われ、身動き取れない有様になっている場合もあるかもしれないではないか。そういう場合は、一体どういうことになるのだろう。

それでも家族は不審も抱かず、心配もせず「またいつもの伝で、どこかでご厄介になっているのでしょう」程度で片付けてしまうのだろうか。そのまま何日も不在の日が続いても、

「御用繁多なのでしょう。お上のお役に立っているのなら結構なこと

ではありませんか」

とかなんとか母が決め付け、家中その存念をもっともと思って、誰も当主の不在に疑念を抱かない、ということになるかもしれない。

——ありそうなことだ。

そうなったときの、己が命の瀬戸際を迎える場所は、人通りの途絶えた本所お竹蔵の暗闇か、大川の百本杭の辺りか。死因は何者かに刃物で斬りつけられるのか、それとも突然なにか持病が起きて、一足も歩けなくなってしまうか、いずれにしても息も絶え絶えになっているはずだ。

——ああ、わたしの命は終わろうとしている。それなのに、家族は何も気付いていない。父も母も妻子も、いつものように夕飯を済ませ、おだやかな夜を過ごしているのだろう。父上、母上、先立つ不孝をお許しください。妻よ吾が子よ、健やかに暮らせよ。私は今、誰にも知られず死んでいく。ああ、一目逢いたい……恋しい……。

「三保崎ィ……」

……駕籠に揺られているうちに、つい睡魔に襲われた南畝が、断末魔と信じて叫んだ恋しい人の名は、父母でも妻でも吾が子でもなかった。

――これは、まずいな。

家でなくてよかった。今後は寝言にも気をつけなければ。

もっとも、娘のお幸と一つ布団で寝ている妻の里与は、夫の寝言くらいで目を覚ましはしない。地震があろうと風雨が激しかろうと、寝床に入ったが最後、ビクともしないで眠っている。お幸や、別の布団で寝ている定吉のほうが目を覚まして怖がっても、里与は半分眠ったまま「たがよ、たがよ」と二声三声かけながら、子どもの体を軽く叩いてあやすのが関の山。またすぐ寝入ってしまう。まあ、よくいえば物に動じない、見事な性質の持ち主である。

――疲れているのだろう。

両親に仕え、二人の子どもを育て、日がな一日動き通しに動いているのだから、夜くらい、天下を取らしてやってもいいだろうと、南畝は思うようにしている。それにしても、寝言は剣呑だ。

――以後、気をつけよう。

駕籠は暗い夜道をひた走る。南畝が乗った駕籠の後ろには空の駕籠が一丁、その横について大文字屋の若い者が走る。

「え、ほい、え、ほい」

駕籠かきの掛け声と草鞋《わらじ》がけの足音が、夜道に響き、棒端にかけた小田原提灯が激しく揺れる。そして、ほどなく駕籠は三保崎のいる一軒家に着いた。黒板塀が、闇の中で大きく広がって見える。もう寝てしまったのだろう、家の中は灯が消え、しんと静まり返っていた。

六

この家に寮番として住み込んでいるのは、耳の遠い爺や一人。昼間は近くの百姓家から腰の曲がった婆やが来て、病持ちの三保崎の世話をしてくれることになっているが、行き届いた世話などできるわけがない。どんなにか、三保崎が心細い思いをしているであろうかと考えると、南畝は矢も盾もたまらなくなる。

転がるように駕籠を降りると南畝は閉まっている木戸を叩いて、早くも寝てしまったらしい寮番に声をかけた。

「すまないが、開けてくれないか。わたしだ。わたしだ」

中はしんとしている。しかし、しばらく経つと木戸の向こう側に人の気配がした。

「先生ざますか？」

三保崎の声だった。年寄りの寮番を起こすまでもない。訪れたのが南畝とわかって木戸口まで出てきたのだ。

「夜更けにすまない。開けてくれ」

木戸が向こう側に開くと、闇に滲むように三保崎の立ち姿があった。南畝はいきなりその立ち姿を抱きしめる。この前逢ったときよりまた痩せている。抱きしめた腕の中で消えてなくなってしまいそうだ。

「どうぞ、しなましたか？」

姿と同じように、闇の中に溶けていってしまいそうな、か細い声である。南畝は無言だった。言いたいことは山ほどある。けれどなにから言い出したらいいのか、うろたえているうちに、言葉より先に手が出て、三保崎をただ抱きしめた。

「夜露は毒です。まあ、中に入りましょう」

大文字屋の若い者に、しばらく待ってくれるように合図してから、南畝は三保崎の肩を抱いて、寝起きしている部屋に通った。

単衣《ひとえ》の寝巻きの上に半纏を羽織っただけの三保崎をもう一度強く抱きしめてから敷布団の上に座らせる。三保崎の手は南畝の太股の辺りに置かれていた。掌《てのひら》の形に、体の奥までぬくもりが伝わってくる。思わず相手の裾をまさぐり、唇を重ねかけて南畝は我に返った。

――なにをしているのだ、わたしは。

鼻の頭だけでなく顔中が赤くなった。まるで顔に火がついたようだ。

「わちきは根っからの遊女でありんす。この稼業がなによりいっち似合っていると親に太鼓判を押されておりィすよ」

逢い初《そ》めた頃、三保崎がいった言葉だ。それを聞いた南畝は悲しくなって「そんな情けない考え方をしてはならぬ」と諫《いさ》めた覚えがある。

夜陰に訪れた南畝を見て、三保崎は病み衰えている身をも顧みず、恩義のある男を迎える作法を示したのであろう。

その心根に甘えて、たちまちその気になった自分は、なんという愚かで卑しい獣であろうか。三保崎を共に憐れと思い、その身の振り方を親身になって考えてくれた仲間たちにも申しわけない。

「ゆっくりしてはいられません。外で駕籠が待っていますから。これからすぐにこの家を出ます。仕度はいりません。そのままで構いません」

南畝は勢い込んで、突然訪ねてきた理由を告げた。

「今夜？　今からすぐ、でありんすか？」

今しがたまで、やつれているように見えていた顔にほんのり赤みがさした。少し尖《とが》らせた口元があどけない。

「そうです、今すぐです。松葉屋には使いを出してあるから心配はいりません」

「忙《せわ》しいことでありんすな」

「思い立ったが吉日ですから、一時《いっとき》も、お前に淋しい思いをさせたくないのですよ」

「あんまり有難いお話で、冥加《みょうが》の程が恐ろしゅうござんす」

「こんなことで、お前の冥加が尽きますものか。これからです、これからですよ、三保崎。これからがお前の本当の人生です。誰憚らず、己《おのれ》の人生を生きなきゃいけません」

「先生のお蔭でありんすねえ」

「いや、みなさんの志です。わたしの仲間みんなが、三保崎がどうしたら気らくに暮らせるか智恵を絞ってくれたのですよ」

三保崎が泣きだすよりも、南畝が声を詰まらせるほうが先だった。冥加にあまるのは、三保崎よりも南畝自身だ。あと二年足らずで四十になろうとしている所帯持ちの、勝手な恋心のために、世間をまともに渡っている人々が親身になって、その恋の一番いい落着き先を考え出してくれたのである。しかも当人の負担にならないように、わざと面白半分を装い、遊び心を駆使した上に、それとなく世間体も計算にいれてくれている。

「わたしのような者には、分に過ぎた人たちです」

うれしさのあまり溢れる涙を拭おうとして、かえって咳き込む三保崎の背中を撫でさすりながら、南畝は、こんな夜更け、駕籠に揺られて何事もなく新鳥越まで行かれるかどうか、それはかりが気になっていた。

「今夜は熱もありんせん。ずいぶん気合がようござんす」

寝巻きの上から袷《あわせ》を重ね、黒繻子《くろじゅす》の帯を手早く締めてから、守り袋と、枕紙に包んだ櫛と紅皿を懐中して三保崎の身拵えは終わり。身一つでいい、といった加保茶の好意をそのまま受けて、南畝は三保崎にも、それを忠実に守らせた。

「お待遠でありんした」

三保崎が髪のおくれ毛をかきあげながら南畝に会釈する。南畝は寮番を起こして別れを告げ、自分の羽織を脱いで三保崎に着せ掛けてから駕籠に乗せた。

二丁の駕籠は連れ立って、新鳥越の逍遥楼に向かう。

「え、ほい、え、ほい」

夢ではないかと南畝は思う。

駆落ちの道行きと洒落こんでいるような気分。時折、垂れの隙間から前を行く三保崎が乗った駕籠の様子をうかがう。咳き込んでいないか、胸が痞《つか》えて苦しんでいないか、気を失っているのではないか、などと心配が募るばかりだが、ここで駕籠を止めて様子を確かめるより、少しも早く逍遥楼に着いて体を休ませることだと思い直しては、

「駕籠屋、頼む、もっと急いでやってくれ。病人なのだ。あれは病人なのだ」

駕籠から体を乗り出すようにして催促した。

催促したところで、これ以上速く走れるはずもない。走れるはずはないとわかってはいるが、催促せずにはいられない。

「旦那、お危のうございますよ」

見かねたのだろう、駕籠脇を走っている大文字屋の若い者が、南畝の催促を制した。

――すまぬ。

南畝は駕籠の内で身を竦《すく》ませた。

七

駕籠はやがて新鳥越に着く。逍遥楼では深夜にもかかわらず、加保茶が出迎えてくれた。

加保茶が「家は荒れております」といったのは謙遜ではなかった。前栽《せんざい》には丈の伸びた薄《すすき》が群れ、小柴垣には蔓草《つるくさ》がまとわりついている。昔々の怪奇物語に出てくる浅茅《あさじ》が宿もかくや、と思える佇《たたず》まいであった。

新鳥越という場所も新開地で、近所に建つ家はまだ、まばらである。それでも、この家には安心がある。三保崎にとっても南畝にとっても、加保茶の配慮は妙薬になった。

あらかじめ決められている三保崎の部屋は廊下を曲がった先の突当りにある四畳半で、そこにはすでに床も延べられていた。五十がらみの太った女が三保崎の世話をしてくれるという。寮番の女房だろう。

「お気遣いには及びません。ここで気持を楽にして養生なさってくださいまし。病を治すのがなによりいっち大事でございます。その余のことをお考えになるのは無駄でございますからね。よろしゅうございますね。妙にお気遣いなさいますとお恨みでございますよ」

加保茶元成は、嚙《か》んで含めるように三保崎を諭《さと》す。

「もったいないことおっしゃります。旦那さん、なんとお礼を申しましょうやら。とても言葉に尽くせません」

三保崎は、二枚重ねの敷布団から滑り降りて加保茶の前に手をつかえ、丁寧に頭を下げた。

加保茶は南畝に会釈して吉原の見世に戻っていき、南畝は、逍遥楼の別室でしばし仮寝してから、自宅には戻らぬまま、しばらく足を向けなかった平河町の剣術道場に寄った。

「徒士は武芸の鍛錬を忘れてはならぬ」

父は毎日、庭で木刀の素振りをしていたが、南畝はほとんどやらない。十代の頃は、十人抜き勝負で八人まで抜いたことがあるが、今は無理だ。道場から響いてくる「やっ」「とう」の掛け声を頼もしく聞きながら、師範代に無沙汰の詫《わ》びをしただけで道場を後にしてしまった。

雨が降り始めている。借りた傘を差して、ぬかるんだ道を歩く。昨日家を出たときから着替えもしていない。着たきり雀の肩に雨粒が降りかかる。

南畝は歩きながら考える。どんな顔つきをして家に帰ろうか。最初の一声はなんというのが無難であるか。

――そうだ、まず湯屋へ寄ろう。

昨日からの埃《ほこり》と思いを洗い流してから帰宅すべきであろう。そうすれば顔つきも最初にかける言葉も、自ずと決まってくるに違いない。

南畝は、麴町の一膳飯屋に立寄ると時間をかけて銚子二本を飲み、軽く腹ごしらえをしてから飯田町の湯屋に寄った。それから落着かない気持のまま湯屋を出て、本降りになった雨の中を、肩をすぼめて歩いて自宅に帰る。

「今、戻った」

片扉の門口を通るときの声がよろよろしている。それでも、さすがは吾が子、まず定吉が出てきて上がり框《がまち》に座り、「おガえりなジャいまシェ」といい、続いてお幸がなにかいいたげな目つきで父親を見上げてから「お帰りなさいませ」と頭を下げた。定吉は七歳にもなって、まだまともに口がきけない。

「いい子でいたか。うむ、偉いな、偉いな」

我ながら驚くほどの優しげな声音で吾が子に愛想を振りまく。そのまま自室に通るついでに台所へ目を向けると、夕餉《ゆうげ》の仕度をしているらしい母と妻の後姿が見えた。

「母上、只今戻りました」

挨拶はドサクサ紛れにすませるに限る。南畝は腰の大小を自室の刀掛けに置くと、すぐさまふすま一つ隔てただけの父の部屋の敷居際に手をつかえ、

「父上、只今戻りました」

これで一通りの儀式が終了。里与がたすきをはずしながら「お帰りなさいませ」と手をつかえた時、南畝はもう一人で着替えを済ませ、足の爪を切っていた。

今日は昨日と同じ、大田家の日常に変っているところは少しもない。

「毎日お勤めご苦労に存じます」

母の、相変らず取澄ましたこの一言だけが、胸に刺さらないでもなかったが、この物言いも母には普通のことである。今更、なにを畏《おそ》れることがあるか。

かくて南畝は思いのほかからくに難関を乗り越えたかに見えたが、やはり二、三日は妻も母も、なにげない仕草の中によそよそしさが目立ち、我が家ながら居心地は、相当に悪かった。

新鳥越に移ってからも三保崎の病は思わしくなかった。時折高熱が出るし、咳き込みが長く続くこともある。南畝はおろおろしながら、苦しそうな三保崎の背中を撫でさすってやる。もうこれきりなのではないか。三保崎には二度と明るい日差しの中を歩く日は訪れないのではないか。二度と女らしく装う元気を取戻せないのではないか。

それでも逢いたい。病人とわかっているのに逢いたい。三保崎も心細かろう。逢いに行く日が間遠になると、病人だから逢いに来ないと恨んでいるのではないだろうか、と心配になる。「そうではない、逢いたいのは山々だが、養生専一にしなければいけないよ」と諭してやる必要がある。

――そうだ、そうだ。諭して心を落着かせてやらなければ。

すぐに新鳥越に向く足を、南畝は自分で止める。違う。三保崎を請出したのは己の欲望のためではない。かの女《もの》を苦界《くがい》から、病苦から救い出したい一念で成し遂げたことだ。だからこそ仲間が力を添えてくれたのだし、加保茶が身柄を引受けてもくれたのだ。

三保崎の面影を抱きながら南畝は、怠らず徒士としての務めを果たし続ける。昨日と同じ今日を過ごすこと。それこそが大田家の当主の務めであり、三保崎を救うための枷《かせ》でもあった。

折から江戸城内では次々と重大な事件が起こり、幕政にはあまり影響されない微禄の御家人も、落着かない日々を過ごすことが多くなっていた。老中筆頭の地位にあり、長く幕政を操っていた田沼意次殿が罷免され、その直後、十代将軍徳川家治公御他界。将軍家はお代替りとなった。征夷大将軍徳川十一代は一橋治済《はるさだ》卿の御長男がおん年十四歳で御継承。おん名を家斉《いえなり》君と申し上げる。

天明六年九月、徒組番士、南畝大田直次郎、ときに三十八歳であった。

本書は、株式会社集英社のご厚意により、集英社文庫『あとより恋の責めくれば』を底本としました。但し、頁数の都合により、上巻・下巻の二分冊といたしました。

あとより恋の責めくれば　上
御家人大田南畝

（大活字本シリーズ）

2015年12月10日発行（限定部数500部）

底　本　集英社文庫『あとより恋の責めくれば』

定　価　（本体 2,800円＋税）

著　者　竹田真砂子

発行者　並木　則康

発行所　社会福祉法人 埼玉福祉会

埼玉県新座市堀ノ内 3—7—31　〠352—0023

電話　048—481—2181

振替　00160—3—24404

印刷製本所　社会福祉法人 埼玉福祉会 印刷事業部

ISBN 978-4-86596-039-6

大活字本シリーズ発刊の趣意

現在，全国で65才以上の高齢者は 1,240 万人にも及び，我が国も先進諸国なみに高齢化社会になってまいりました。これらの人々は，多かれ少なかれ視力が衰えてきております。また一方，視力障害者のうちの約半数は弱視障害者で，18万人を数えますが，全盲と弱視の割合は，医学の進歩によって弱視者が増える傾向にあると言われております。

私どもの社会生活は，職業上も，文化生活上も，活字を除外しては考えられません。拡大鏡や拡大テレビなどを使用しても，眼の疲労は早く，活字が大きいことが一番望まれています。しかしながら，大きな活字で組みますと，ページ数が増大し，かつ販売部数がそれほどまとまらないので，いきおいコスト高となってしまうために，どこの出版社でも発行に踏み切れないのが実態であります。

埼玉福祉会は，老人や弱視者に少しでも読み易い大活字本を提供することを念願とし，身体障害者の働く工場を母胎として，製作し発行することに踏み切りました。

何卒，強力なご支援をいただき，図書館・盲学校・弱視学級のある学校・福祉センター・老人ホーム・病院等々に広く普及し，多くの人人に利用されることを切望してやみません。